Passion En Arctique

Également Par Keira Andrews

En Français

Kidnappé par un pirate

Un Daddy pour Noël

Un faux petit ami pour Noël

Lune de miel en solitaire

Huit Nuits en Décembre

Quand l'amour brille de mille feux…

Transfert à Ottawa

Au Pied du Sapin

Par-delà l'océan

Si ce n'est qu'un rêve

Rumspringa Interdit

Un Nouveau Départ

Trouver son Chez-soi

Le Voeu de Noël

Passion en Arctique

Vaincre les Ténèbres

Combattre la Marée

En Allemand

Kalter Krieg

Im Notfall

Jenseits des Ozeans

Geisel des Piraten

Codename: Valor

Testphase Valor

En Italien

Fuoco nel ghiaccio

Luna Di Miele Per Single

Il Patto Di Natale

Rapito dal Pirata

Segni d'intesa

In Capo Al Mondo

Beyond the Sea (Italian Translation)

Sogno di Natale

The Next Competitor (Italian Translation)

Valor on the Move (Italian Translation)

Test of Valor (Italian Translation)

Contro La Tenebra

Contro La Marea

Rise: Una favola gay

Una Passione Proibita

Una Nuova Vita

La Strada Verso Casa

Semper Fi (Italian Translation)

En Anglais

Contemporary

Honeymoon for One

Beyond the Sea

Ends of the Earth

Arctic Fire

The Chimera Affair

Holiday

The Christmas Deal

The Christmas Leap

Only One Bed
Merry Cherry Christmas
Santa Daddy
In Case of Emergency
Eight Nights in December
If Only in My Dreams
Where the Lovelight Gleams
Gay Romance Holiday Collection
Lumberjack Under the Tree (free read!)

Sports

Kiss and Cry
Reading the Signs
Cold War
The Next Competitor
Love Match
Synchronicity (free read!)

Gay Amish Romance Series

A Forbidden Rumspringa
A Clean Break
A Way Home
A Very English Christmas

Valor Duology

Valor on the Move
Test of Valor
Complete Valor Duology

Lifeguards of Barking Beach

Flash Rip

Swept Away (free read!)

Historical
Kidnapped by the Pirate
Semper Fi
The Station
Voyageurs (free read!)

Paranormal
Kick at the Darkness Trilogy
Kick at the Darkness
Fight the Tide

Taste of Midnight (free read!)

Fantasy
Barbarian Duet
Wed to the Barbarian
The Barbarian's Vow

Passion En Arctique

par Keira Andrews

Remerciements

Je tiens à remercier C. d'avoir partagé ses expériences en tant qu'homme gay dans le Nuvavut. Merci aussi à Anne-Marie, Becky, Mary et Rachel pour leur travail de bêta et leurs encouragements, comme toujours.

Note de l'auteur

Bien qu'Arctic Bay, et Nanisivik existent et que les Rangers Canadiens soient de vrais militaires réservistes qui protègent courageusement notre Nord, ceci est une œuvre de fiction.

Chapitre Un

— NUNAVUTMUT TUNNGASUGITSI !¹

Des gravillons et une fine couche de neige craquèrent sous les bottes de Jack et il jura contre lui-même alors qu'il posait le pied sur la piste d'atterrissage de l'aéroport d'Arctic Bay. Il avait complètement oublié d'apprendre les rudiments de l'Inuktitut.² Il avait entendu dire que la plus grande partie de la population de Nunavut parlait également l'anglais, mais il avait toujours trouvé que parler aussi quelques phrases dans la langue natale contribuait grandement.

Il s'éloigna de l'avion hâtivement pour laisser passer les passagers qui attendaient derrière lui.

---

¹ Bienvenue à Nuvavut !

² L'**inuktitut** est l'un des quatre grands ensembles dialectaux de la langue inuit, les trois autres ensembles étant l'inupiaq, parlé en Alaska, l'inuktun, parlé dans le Nord-Ouest canadien, et le groenlandais, parlé au Groenland.

— Merci, dit-il avec un sourire, supposant que le vieil Inuit l'avait sûrement salué à leur manière.

— Bienvenue, Capitaine Turner, déclara l'homme trapu, la tête haute. Je suis le Caporal-Chef Donald Onartok.

— Ravi de vous connaître, le salua-t-il à son tour avant de serrer sa main calleuse.

Il frissonna alors qu'un vent glacial frappait l'aérodrome. Ses narines frémissaient sous l'air sec et froid.

— Pas de manteau ? demanda-t-il au vieil homme.

Jack portait sa parka de camouflage noire, qui lui arrivait à mi-cuisses sur son pantalon assorti.

Onartok eut un geste de la main.

— Il fait moins sept degrés. C'est encore doux en Octobre.

Il portait l'uniforme des Rangers Canadiens : des bottes de combat noires, un pantalon de camouflage dans la même couleur sombre que celui de Jack, un pull à capuche rouge et une casquette de baseball rouge également… tous les deux avec l'emblème. Il tira sur une paire de gants et indiqua avec son pouce par-dessus son épaule.

— Je vais vous faire visiter. Ça ne prendra pas long-temps.

Le terminal était un petit rectangle d'un étage à quelques centimètres de distance au-dessus du sol, peint en gris et de légères nuances de bleu. Des antennes paraboliques pointaient vers le ciel sans nuages, et alors que Jack le suivait, il fut obligé de se protéger les yeux de la main. Le soleil qui se reflétait sur la neige était aussi lumineux que celui du désert de Kabul.

— Je n'aurais pas dû laisser mes lunettes dans ma valise.

— Le soleil va se coucher dans une heure ou deux, mais vous pouvez les prendre de vos bagages avant d'y aller.

Jack regarda sa montre multifonctionnelle. Il était seulement mille cinq cents heures,[3] toutefois, le soleil déclinait quand il regarda l'horizon. La jauge de température était en Fahrenheit et indiquait dix-neuf degrés.

— Où est le sergent Carsen ? demanda-t-il en espérant s'être correctement rappelé le nom quand il avait jeté un œil au dossier.

— Il est encore à l'école. Il enseigne.

— Merci d'être venu me chercher. Quel est votre domaine ?

— La chasse et la pêche.

---

[3] Est un format militaire pour exprimer l'heure.

Quand Onartok sourit, ses dents brillèrent et ses petits yeux disparurent pratiquement.

— Vous m'avez fourni une excuse pour prendre mon après-midi. Ma femme ne discute jamais quand il faut récupérer un militaire VIP.

Jack résista à l'envie de grogner. *VIP*. Il était plus un raté dont la hiérarchie ne savait plus que faire qu'autre chose. Peut-être qu'il aurait dû prendre sa retraite plus tôt après tout. Au moins, il aurait évité des missions ridicules comme celles-ci.

À l'intérieur du terminal, quelques personnes lui furent présentées et il serra encore quelques mains. Avant de monter dans le pick-up d'Ornartok, Jack sortit ses lunettes de soleil et ses gants de son sac et vérifia encore une fois que sa mallette contenant ses armes à feu était toujours sécurisée.

— C'est la seule autoroute à Nunavut, l'informa Onartok alors qu'ils sortaient de l'aéroport.

Jack sourcilla en regardant la route de terre couverte de neige, qui ne pouvait en aucun cas être appelée une autoroute.

— Elle mène à Nanisivik ? demanda-t-il.

— Oui. C'est la seule route à Nunavut qui relie les deux communautés. Je suppose que Nanisivik n'est plus une communauté puisque plus personne ne vit là-bas.

C'était une ville fermée. Ce qui veut dire que tous les bâtiments et maisons avaient été construits par l'exploitation minière. Ils ont tout démantelé quand ils sont partis.

Jack savait ce qu'était une ville fermée, mais il ne le fit pas remarquer.

— Ils exploitaient du plomb, n'est-ce pas ? demanda-t-il, néanmoins.

— Et du zinc et de l'argent. C'était la première exploitation minière nord du Cercle Arctique. Ils ont fermé en 2002 quand les prix du métal ont chuté. Maintenant, c'est juste le port. La navy était supposée la transformer en base, mais ils ont changé d'avis. Vous savez, les restrictions budgétaires et tout le reste. Ils sont toujours supposés en faire une station de ravitaillements pour les navires de la Marine en été, mais rien n'a encore été fait.

Il se mit à rire nerveusement.

— Désolé. Vous devez sûrement savoir tout ça.

— Non, non. Je veux entendre votre avis. De ce que je comprends, le plan de la Marine prévoit d'avoir une simple station-service.

L'armée échafaudait aussi leurs propres plans, bien sûr… des plans qui n'aboutiraient probablement à rien, tout comme ceux de la Marine.

Alors que la route sinueuse contournait une falaise, la

baie étincelante apparut sur la gauche, et un panneau indicateur sur la droite. C'était écrit en Anglais avec des symboles Inuktitut au-dessus.

Pas d'alcool au-delà de cette ligne sans une autorisation.

Jack soupira intérieurement. Il avait voyagé pendant dix heures, et il avait attendu avec impatience une bière fraîche. Il repensa au dossier contenant les informations sur Arctic Bay, et Nanisivik que le Colonel Fournier lui avait donné, qui mentionnait sûrement que c'était une ville sèche.[4]

Il avait tergiversé pendant toute la semaine et s'était promis de lire le dossier pendant son vol, mais il s'était endormi à la place. Compte tenu du fait qu'il avait passé quatre heures à l'aéroport d'Iqaluit après le premier vol d'Ottawa, il n'avait aucune excuse. Surtout qu'il avait passé son temps à jouer à un jeu de pêche stupidement addictif sur sa tablette.

Mais ce n'était pas grave… il rattraperait le retard dans sa chambre d'hôtel, cette nuit. Ce n'était pas comme s'il avait autre chose à faire.

— Combien de personnes vivent ici ? demanda-t-il, puisqu'il devait faire un peu conversation.

— Huit cent vingt-trois d'après leurs derniers calculs. Mais je pense que le nombre a évolué un peu. Je sais que

---

[4] Une ville où l'alcool est prohibé.

ça a augmenté d'au moins une personne puisque mon troisième garçon vient juste de naître.

Jack sourit automatiquement.

— Félicitations. Quel est son prénom ?

— Ipiktok. Ça veut dire Vif. Intelligent, je veux dire. Futé.

— C'est un beau prénom.

— Ma femme voulait du traditionnel. Beaucoup de bébés ont de vieux noms, ces temps-ci. Et Arctic Bay est appelé Ikpiarjuk. Cela veut dire « La Poche ». Vous allez voir qu'il y a des falaises sur trois côtés.

Sous les plaques de neige balayées par le vent, le paysage désertique et rouge était vallonné et dominé par des falaises à sommet plat. Jack ne voyait aucune végétation ou même une terre arable.

Cela pouvait tout autant être la maudite lune !

Tandis que la ville elle-même apparaissait, les choses ne s'améliorèrent pas. Arctic Bay constituait un ensemble de maisons préfabriquées d'un étage, une grande partie d'entre elles étaient peintes d'un léger bleu, ou d'un rouge sombre. Il supposa qu'il y avait à peu près une centaine de petits bâtiments regroupés au bord de la mer. Marcher d'un côté à l'autre de la ville ne prendrait sûrement pas plus de dix minutes.

— Nous y voilà, dit Onartok alors qu'ils roulaient le

long de la mer.

Puis il le regarda dans l'expectative.

— C'est magnifique, mentit Jack.

— Je vais vous déposer à l'hôtel, et le Sergent Carsen sera bientôt là.

Jack sourit et hocha la tête alors qu'il considérait son nouveau chez-lui pour les cinq prochains jours. Tout ce voyage était une perte de temps, mais au moins, cela l'avait sorti de son bureau, rempli de paperasses inutiles. Il s'était dit que ce serait une bouffée d'oxygène, bien que ce n'était pas comme si le Colonel Fournier lui avait donné le choix.

Il pouvait toujours entendre le soupir déçu d'Etienne, les lèvres serrées alors qu'il joignait ses mains sur son bureau.

— Nous devons faire quelque chose, Jack. Je sais que la transition est difficile. Mais tu as l'air de t'ennuyer ici. Je pense que ça te ferait du bien de reprendre du service.

— Partir en excursion avec des réservistes de l'Arctique n'est pas reprendre du service. Ils ne sont même pas une vraie armée.

— C'est tout ce que nous avons pour l'instant, et ils connaissent cette terre. Tu apprendras peut-être quelque chose. Le Moyen-Orient nous échappe… il est temps de se concentrer sur ce qui se passe autour de nous.

Mais quel était le but ? Si les Russes voulaient envahir l'Arctique, quelques guerriers du dimanche ne pouvaient pas les arrêter. Même avec le coucher du soleil éblouissant joliment la partie figée de la baie, cet endroit était désert, et ajouté à cela, très glacé. Le climat d'Ottawa était assez dur, et Jack ne pouvait que frissonner à la pensée de ce que cela serait de passer l'hiver à l'extrémité nord de l'île de Baffin.

Le côté positif était qu'il n'y avait pas de maudit sable.

L'hôtel Siqiniq était un large bâtiment rectangulaire préfabriqué, de couleur marron qui ne pouvait pas accueillir plus de dix petites chambres. Il avait vu des huttes de boue plus chics en Afghanistan, mais du moment que c'était propre, le reste lui importait peu. Alors que Jack sortait du véhicule, il regarda les petits piliers qui soulevaient le bâtiment de quelques mètres au-dessus du sol. Il remarqua que toutes les structures étaient hissées de la même façon.

— Pourquoi les bâtiments sont-ils soulevés de cette manière ?

C'était si sec dans le Grand Nord que ces petits piliers n'avaient sûrement pas pour but d'éviter des inondations.

— Pergélisol,[5] répondit Onartok alors qu'il prenait le sac de Jack de l'arrière du pick-up. Si les bâtiments sont construits à même le sol, la chaleur de l'intérieur fera fondre la couche supérieure et ils s'enfonceront.

— Ah, donc pas de sous-sol à Nunavut, je suppose, nota Jack en prenant son sac et en tendant sa main. Merci encore.

— Tout le plaisir est pour moi, Capitaine, dit Onartok en la serrant et en hochant la tête. Voilà Susan. Elle va prendre bien soin de vous.

Une femme d'âge moyen apparut à la porte de l'hôtel.

— Ce doit être le Capitaine Turner. *Tunngasugitsi !* Bienvenue !

Ses cheveux noirs étaient rassemblés en une queue de cheval, et elle avait la peau mate de la plupart des Inuits que Jack avait rencontrés. Il la suivit à l'intérieur. Elle prit une clé de derrière un bureau de réception et indiqua la pièce qui était ouverte sur sa droite.

— C'est la salle à manger. Le dîner sera servi à 18 heures. Le petit-déjeuner est servi à 07 heures, et le déjeuner à midi.

À l'intérieur se trouvaient six tables carrées avec

---

[5] Le pergélisol désigne la partie d'un sol gelé en permanence, au moins pendant deux ans, et de ce fait imperméable.

quatre chaises chacune et une télévision dans le coin. Des panneaux non-fumeurs étaient posés sur des distributeurs de serviettes étincelants. Un groupe d'adolescents étaient réunis autour d'une table à boire le café. Ils le regardèrent curieusement, mais ne dirent rien.

Susan le conduisit à travers un couloir lumineux. Jack compta six chambres sur chaque côté du hall, et la sienne était la dernière. Il y avait deux lits qui faisaient face à la porte de la pièce, tous les deux étroits avec une petite table de nuit et une veilleuse entre eux. Susan se dirigea vers la lampe et l'alluma, qui envoya aussitôt, à travers l'abat-jour, un éclat tamisé et doux sur la moquette brune. Sur la commode à côté de la porte, à gauche, se trouvait une télévision à écran plat, ainsi qu'une salle de bain.

— Je vous remercie, Susan. C'est agréable.

La chambre était ordonnée et propre, et même si un soupçon de poussière restait, il supposait que cela avait été aéré plutôt dans la journée. Il avait évidemment dormi dans des endroits bien pires. Le souvenir d'un scorpion furtif détalant sur la couverture de sa tente poussiéreuse traversa son esprit.

— Voulez-vous du café ? demanda-t-elle.

— Non, juste un peu d'eau. Puis-je boire celle du robinet ?

— Oui, c'est sans risque. Il y a des verres dans la salle de bain.

Une pensée surgit dans l'esprit de Jack.

— S'il y a le pergélisol, d'où vient l'eau ?

Susan se dirigea vers la fenêtre et écarta un côté des lourds rideaux bordeaux, qui étaient à moitié ouverts.

— Des réservoirs et des citernes, répondit-elle. La ville les remplit d'eau et récupère le reste. L'eau vient d'un lac à proximité. Ne vous inquiétez pas, elle est chlorée avant qu'ils ne la mettent dans les réservoirs.

— Pas de souci.

— Nous vous demandons néanmoins de conserver l'eau et de ne pas prendre de longues douches. Si le camion-citerne tombe en panne ou si le conducteur tombe malade, nous pourrions venir à en manquer.

— Oui, bien sûr.

Elle sourit et se recula vers la porte.

— Le mot de passe du wifi se trouve sur la carte, sur la commode. J'espère que vous apprécierez votre séjour.

Il la remercia à nouveau et laissa tomber sa parka sur l'un des lits avant de s'asseoir sur celui qui se trouvait près de la salle de bain. Le matelas était assez épais, et le sommier du lit grinçait légèrement. Le dessus de lit était tacheté de rose et de bordeaux suivant un motif carré, et les murs étaient peints dans un ton beige rosé.

Jack se dirigea vers la fenêtre et jeta un coup d'œil sur ce qu'il pouvait voir de l'Arctic Bay, qui était à ce moment de la journée, ombrée de petits bâtiments et de lumières scintillantes. Il avait juste un aperçu de la baie plongée dans l'obscurité.

La salle de bain avait des toilettes, un lavabo et une baignoire avec une douche. Jack remonta les manches de son pull-over de combat et se rafraîchit le visage, prenant soin de fermer les robinets rapidement. Il grimaça quand il vit les cernes sous ses yeux.

Toute trace de son bronzage qu'il avait eu en Afghanistan avait depuis longtemps disparu de sa peau pâle. Il se sécha le visage avec une fine serviette et but un petit verre d'eau. Ses cheveux blonds courts partaient dans tous les sens, il les aplatit avant d'y renoncer. Qui diable allait-il impressionner ici ? Foutus cheveux.

Sur le lit, il sortit le dossier de son sac et s'adossa contre la tête de lit.

Il est temps de te concentrer.

Le problème était qu'après deux photos d'un rapport sur la viabilité du port en eau profonde à Nanisivik, son esprit retournait sans cesse vers l'explosion qui avait causé un cratère sur la route et fendu le désert, juste au-delà de la montagne. Il se frotta les yeux et commença le paragraphe suivant, mais les mots disparurent sur la page.

Il s'essuya la bouche du dos de la main, souhaitant pouvoir cracher les grains de sable qu'il avait l'impression d'avoir sur la langue. Même dans le 4x4 avec les vitres fermées, et la climatisation à fond, la sueur humidifiait ses cheveux sous son casque. Assis sur le siège passager à côté de lui, le Caporal Gagnon blablatait sur sa petite amie qui habitait Montréal.

— Alors, elle me dit qu'on s'est éloignés ! Va chier[6] ! Je pensais qu'elle était la bonne. Elle m'a dit qu'elle m'attendrait pendant que je serais ici.

Il ricana.

— Elle n'a même pas attendu un an ! Vous savez…

— Sais quoi ? demanda Jack, quand un soudain silence se fit.

Il jeta un coup d'œil à Gagnon, qui s'était redressé brusquement, regardant fixement à travers le pare-brise.

Jack se tendit.

— Qu'est-ce qui se passe ?

Grant, assis à l'arrière, demanda :

— C'est un gosse, là-bas ?

Il sursauta quand il entendit un coup à la porte et rangea à nouveau les papiers dispersés dans le dossier. La porte était si légère qu'on aurait dit que la pièce était

---

[6] En français dans le texte.

vide, tant le moindre son retentissait bruyamment. Il l'ouvrit. Un homme portant un uniforme de Ranger se tenait de l'autre côté. Il était jeune, et ce que la mère de Jack aurait appelé « un gaillard ».

Jack se racla la gorge.

— Sergent Carsen ?

Le jeune homme hocha la tête et le salua.

Jack le lui retourna et serra sa main.

— Entrez, dit-il en reculant et fermant la porte derrière lui. Alors…

Carsen se balança d'une jambe sur une autre.

— Oui, Monsieur ? répondit-il, la voix basse.

— Vous êtes le chef du groupe des Rangers d'Arctic Bay ?

Il le savait, mais il n'avait rien d'autre à dire. Il se sentait comme un enfant qui n'avait pas fait ses devoirs. Il supposait que c'était exactement le cas, ce qui était pathétique puisqu'il avait trente-six ans.

— Oui. La Patrouille d'Arctic Bay.

— C'est ça, patrouille, répéta Jack en agitant la main. C'est ce que je voulais dire. Eh bien, excellent. Euh…

L'esprit de Jack était toujours vide. Carsen attendit, sa casquette de baseball rouge ombrant son visage barbu. Ce dernier avait la même taille que lui, un mètre quatre-vingt, et pourtant, sa présence tranquille semblait remplir la chambre.

— Et de combien de personnes est constituée votre patrouille ?

— Vingt-neuf.

— Excellent, répéta Jack.

Seigneur, j'aurais dû savoir ça.

— Que diriez-vous d'aller dîner ? Oh, en parlant de ça, j'ai apporté quelques barres chocolatées si vous en voulez.

Il ouvrit son sac et se mit à les chercher.

— J'ai entendu dire que tout était cher ici. Il y a quelques Twix, et des Crispy Crunch, et voyons voir…

Il se retourna et trouva Carsen le regardant d'un air impassible.

— Avez-vous une préférée ?

Après quelques moments, Carsen demanda :

— Avez-vous un Coffee Crisp ?

Jack chercha un emballage jaune et le lui tendit.

— Et voilà.

Carsen ne croisa pas son regard.

— Merci, dit-il en glissant la barre chocolatée dans la poche de devant de sa parka et se raclant la gorge. Euh… le dîner devrait être prêt, Monsieur.

Les adolescents qui se trouvaient dans la salle à manger auparavant étaient partis, remplacés par deux tables de clients qui portaient des pulls à col roulé et entretenaient une discussion animée en Allemand. Jack hocha la tête dans leur direction, soulagé que Carsen choisisse la table la plus éloignée des touristes, bien que la petite salle à manger n'offre pas d'échappatoire. Une adolescente souriante apparut.

— Bonsoir, Monsieur Carsen. Puis-je vous apporter quelque chose à boire ?

Carsen lui sourit en retour.

— Un ginger ale. Merci, Sedna.

— J'en prendrais un également, dit Jack.

Sedna hocha la tête.

— Ce soir, nous avons du poisson et des frites, ou un ragoût de Caribou.

Jack n'y réfléchit même pas.

— Je vais essayer le Caribou.

— Du poisson et des frites pour moi, déclara Carsen à son tour.

Elle revint avec leurs ginger ale, plaçant les cannettes sur la table avec des verres remplis de glaçons et des pailles enveloppées de papier.

— Est-elle l'une de vos étudiantes ? demanda Jack, quand elle fut partie.

— Oui, répondit Carsen.

Il retira l'opercule et fit courir une main sur ses cheveux bruns courts.

Jack détacha le papier de sa paille et étudia Carsen discrètement. Son nez était mince et ses lèvres pleines. Le plus étonnant de tout, c'était ses yeux qui étaient d'un gris pâle. Carsen versa la moitié de sa canette dans son verre, et les bulles remontèrent jusqu'au bord avant de disparaître. Puis il y mit sa paille et commença à siroter sa boisson.

— Avez-vous grandi ici ?

Carsen cilla.

— N'avez-vous pas un dossier sur moi ?

— Oui, mais… Je voudrais quand même que vous m'en parliez.

En plus de ne pas s'être préparé, Jack réalisa qu'il n'avait pas discuté avec quelqu'un depuis bien long-temps.

Carsen parla d'un ton mesuré.

— Je suis né et j'ai été élevé ici. Je suis allé à l'université à Edmonton.

— Et vous êtes *revenu* ? plaisanta Jack sans convic-tion. Vous devez vraiment aimer le froid.

Pendant un long moment, Carsen le fixa sans rien dire avant de baisser son regard sur le dessus de la table.

— Je suppose, déclara-t-il enfin en traçant de ses doigts la ligne d'une légère fissure.

Jack s'éclaircit la gorge.

— Qu'enseignez-vous ?

— L'anglais, l'histoire et la géographie. Je me suis arrangé pour avoir la semaine libre pendant votre visite, mais il y avait un examen aujourd'hui que je ne pouvais pas repousser.

— Pas de problème. C'était un plaisir de rencontrer Ronald. J'ai hâte de faire la connaissance du reste de votre patrouille également.

— Donald, rectifia Carsen.

— Oui, bien sûr.

Seigneur, il ne se rappelait plus de beaucoup de choses ces temps-ci. Il n'avait même pas ramené sa plaque militaire, bien qu'il soit techniquement sur le terrain. Eh bien, s'il l'avait ramené dans la toundra, il aurait été facile de l'identifier.

Le silence s'étira, et Jack joua avec sa paille. Il aurait voulu être de retour à Ottawa, mangeant un dîner froid devant la télévision où il ne décevrait personne sauf lui-même. Il fut soulagé d'apercevoir Sedna s'avançant vers eux avec leurs plats.

— Voici le dîner.

Les boulettes de viande de Jack furent accompagnées de frites et d'une salade de choux, et il y enfonça sa fourchette avec appétit. S'il mangeait, il ne mettrait pas les pieds dans le plat.

— Ce Caribou est délicieux, dit-il, après une minute.

Il prit une autre bouchée de cette viande à la texture fine.

— Ça me rappelle le chevreuil.

— Oui. Il y a une similitude.

— Quel genre de poisson est-ce ? demanda Jack.

Les Allemands avaient été servis également, et la salle à manger fut silencieuse mis à part le bruit des couverts et des gens en train de manger.

— Du Turbot. C'est aussi connu sous le nom de Flétan du Groenland.

— Je suppose que vous le pêchez ici ?

Quelle brillante observation !

Il prit un peu de choux.

— Oui, répondit Carsen.

— Alors, pourquoi cette interdiction d'alcool ? Vous ne buvez pas du tout ici ?

— Seulement durant les événements spéciaux.

— Oh, fit Jack, attendant que Carsen en dise plus.

Quand il resta silencieux, Jack s'enquit :

— Alors, comment ça marche ?

— Vous pouvez demander un permis, et il doit être approuvé par le Comité d'Éducation de l'Alcool. Cela n'arrive pas souvent. Cependant, il y a des contrebandiers. Si vous aviez ramené du Whisky au lieu du chocolat, vous auriez pu en tirer un bon bénéfice.

Jack sourit d'un air narquois.

— J'en suis sûr. N'est-ce pas déjà une punition de devoir vivre ici en étant sobre tout le temps ?

Se redressant sur sa chaise, Carsen ne sourit pas.

— La plupart d'entre nous ne considèrent pas l'idée de vivre ici comme une punition.

— Non, non, bien sûr que non. Je voulais juste dire…

Quoi ?

— Je plaisantais seulement, ajouta-t-il finalement sans conviction.

Seigneur, il avait l'impression de vivre un mauvais rencard. Non qu'il eût un quelconque rendez-vous depuis très longtemps. Le silence s'étira à nouveau, et Jack se tortura l'esprit pour chercher quelque chose à dire qui ne serait pas insultant.

— Êtes-vous marié ?

L'expression de Carsen resta impassible tandis qu'il étudiait son plat.

— Non. Vous ?

— Non, dit Jack en faisant glisser une frite dans du ketchup. Ça doit être difficile de sortir ici avec si peu de gens. Si vous ne trouvez pas la bonne personne…

Non que j'aie eu plus de chance avec une plus grande population.

Le visage de Grant lui vint à l'esprit, et Jack le repoussa. Il essaya de penser à d'autres questions à poser.

— Vos parents vivent-ils ici également ?

— Ma mère. Elle est née et a été élevée ici. Mon père est un mineur d'Alberta. Il est venu ici d'Écosse pour travailler dans l'exploitation pétrolière. Il a passé quelques saisons aussi à Nanisivik.

Jack attendit qu'il en dise plus, mais Carsen se contenta de couper un autre morceau de son poisson et de mâcher lentement. Jack finit ses boulettes de viande et prit une serviette en papier du distributeur qui se trouvait sur la table. Les Allemands avaient repris leur discussion animée.

— Avez-vous beaucoup de touristes ici ?

— Quelques-uns. Il y en a beaucoup plus en été.

Carsen finit sa dernière frite.

— À quelle heure voulez-vous commencer demain matin ?

Bonne question. Ça m'aurait aidé de savoir ce que nous allons faire.

— Celle que vous pensez être la mieux, répondit Jack. Le petit-déjeuner est à sept cents heures. À moins que vous ne vouliez commencer plus tôt ?

— Non. Prenez votre petit-déjeuner d'abord.

— Rafraichissez-moi la mémoire… où allons-nous demain ?

— Pourquoi êtes-vous ici ? demanda Carsen d'un air impassible.

Une autre bonne question.

— Ils ne vous l'ont pas dit ?

— Non. Ils m'ont juste dit de vous prendre en patrouille et de vous conduire à la mine. Vous montrer un peu la région, et le travail des Rangers.

Il essuya sa bouche avec sa serviette et la plia soigneusement.

— *Vous* l'ont-ils dit ? poursuivit-il.

Jack eut un sourire forcé, remuant nerveusement face à la manière dont Carsen semblait voir à travers lui.

— Évidemment, répondit Jack en regardant les Allemands avant de baisser la voix. Ils envisagent d'établir une base d'entrainement permanente dans la région.

Au moins, il savait ça.

— Nos soldats sont entrainés pour le désert, mais pas l'Arctique. Nous devons planifier l'avenir.

Carsen fronça les sourcils.

— Permanente ? Mais le gouvernement s'est retiré de la base navale. Nous en étions heureux.

— Pourquoi ça ?

— Ça n'avantageait notre communauté. Ils n'auraient pas autorisé que les navires de croisières utilisent le port, donc, pas d'argent qui entrerait à Arctic Bay, et cela aurait probablement eu un impact négatif sur la chasse et l'environnement. Nous étions soulagés quand ils ont tout laissé tomber.

— Écoutez, vous voulez mon avis ? Tout ce voyage est une perte de temps. Le résultat sera le même que leur grande idée d'établir une base navale dans l'ancienne mine. Je ferai mon rapport, et quelques comités à Ottawa vont l'étudier, et finalement, ils n'auront même pas le budget. Donc, ça n'aura vraiment pas d'importance.

Après un long moment, Carsen déclara :

— Ça me va.

Il finit son soda en aspirant bruyamment par sa paille.

— Je vous retrouverai à sept heures et demie demain. Nous allons en patrouille. À moins que vous ne vouliez pas y aller.

Il était très tenté.

— Non. Bien sûr que non. Nous devons suivre la procédure.

Il grimaça.

— C'est pénible.

— Savez-vous comment vous habiller pour une patrouille ?

— Chaudement, j'imagine.

Le sourire de Carsen était carnassier.

— Exactement. Nous serons en patrouille pendant deux nuits. J'ai tous les équipements. Portez plusieurs vêtements.

— Du camping en Arctique, hein ?

Génial !

— Plusieurs vêtements, c'est noté.

Carsen se mit debout et arrangea sa chaise.

— Je suppose qu'Ottawa paye pour le dîner, dit-il en levant sa main à son front, le saluant.

— Oui, évidemment, répondit Jack.

Il allait se redresser à son tour, mais Carsen sortait déjà de la salle à manger. Jack le regarda partir avec un soupir. Les prochains jours allaient être amusants… des silences gênants et des conversations guindées.

Sedna revint. Jack lui donna un pourboire de vingt dollars et lui demanda de mettre le dîner sur sa note d'hôtel. Elle sourit, et il se sentit un peu mieux quand il retourna à sa chambre. Cependant, il grimaça alors qu'il se rejouait dans son esprit encore et encore sa soirée avec le Sergent Carsen. Il s'assit sur le lit et essaya de lire le dossier. *Eh bien, ce n'était pas une première bonne impression.*

— Pourquoi me soucierais-je de ce que ce gars pense de moi ?

Il soupira, réalisant que Neville n'était pas là pour l'écouter avec sa tête inclinée sur le côté, comme si tout ce que Jack disait était fascinant. Il supposait que c'était le rôle d'un chien.

— Bon, il est temps de se concentrer et d'arrêter de me parler à moi-même !

Il lut le dossier de Carsen. *Kinguyakkii Carsen. Trente-trois ans. Célibataire. Un des plus jeunes Rangers dans le service. Professeur.* C'était tout ce qu'il y avait. Jack chercha encore, mais c'était toutes les informations qu'il trouva sur Carsen. Il revint au rapport sur les plans annulés de la Navy concernant cette base à Nanisivik, pourtant, il ne put s'empêcher de jeter un coup d'œil sur le dossier de Carsen comme s'il s'attendait à ce que de nouveaux mots apparaissent.

Quand il éteignit la lumière pour dormir, il se retrouva à fixer le plafond, écoutant les voix des Allemands retentissant à travers les murs fins. Il se rejoua en entier sa rencontre avec Carsen dans son esprit, pensant à tout ce qu'il aurait dû dire et faire différemment. Il était un Capitaine, bon sang. Cette affectation était une perte de temps, mais il n'avait aucune excuse pour être venu sans s'y être préparé.

Il aurait dû jeter un coup d'œil au dossier, depuis des mois, et il était temps de se ressaisir. Il ne voulait peut-être pas se trouver ici, sur ce coin perdu de pierre et de glace, mais il ferait son travail et le ferait bien. Il devait ça à Etienne. Bon sang, il se le devait à lui-même, sans parler des habitants d'Arctic Bay.

Demain, il serait gentil avec Carsen et essaierait de corriger la mauvaise impression qu'il avait sans aucun doute faite. Il devait juste surmonter les prochains jours avec un minimum de stress et de conneries.

Et ensuite quoi ? Retour à Ottawa et à la paperasse ?

Le regard gris et inflexible du Sergent Carsen traversa son esprit à nouveau, refusant de partir. Mais alors que Jack sombrait dans le sommeil, les souvenirs d'une route d'un désert ensoleillé et d'une matinée trop calme restèrent à l'écart, et ça, c'était quelque chose.

Chapitre Deux

Le Capitaine Turner avait sûrement raison là-dessus. Alors que Kin chargeait le *komatik*[7] dans le noir juste après sept heures du matin, il fut à deux doigts de tout annuler. Quel était le but de trainer un sudiste séduisant et inutile dans une patrouille quand aucun d'eux ne voulait être là ? Il pouvait trouver une excuse. Turner serait probablement tout aussi content.

— B'jour, dit Walter Pimniq en le saluant d'une main tandis qu'il sortait de la maison d'à côté de la sienne.

Puis il leva les yeux vers le ciel dégagé et sombre avant de poursuivre.

---

[7] Une luge rawhide-arrimés avec barres transversales et les coureurs de bois, d'abord inventés et utilisés par les Inuits du Nord du Canada, mais depuis utilisé aussi par des non-Inuits.

— Encore plus de neige en vue, je pense. Vas-tu montrer au Capitaine comment construire un iglou ? Les sudistes aiment bien ça.

Il prit une gorgée de son café fumant. Il ne portait pas de bonnet, et ses cheveux grisonnants étaient ébouriffés.

— Peut-être, répondit Kin.

Il couvrit le komatik chargé d'une bâche, s'assurant que les bidons d'essence, la tente, le réchaud et autres fournitures étaient bien fixés. Un drapeau canadien s'élevait fièrement au-devant du traineau, flottant dans le vent.

— Comment trouves-tu ta nouvelle motoneige ?

Kin sourit largement alors qu'il tapotait le véhicule.

— Rapide.

— J'imagine, dit Walter en sirotant son café. Lisa surveille bien tes classes ?

— Ouais.

Les nouvelles couraient vite à Arctic Bay, avec une impitoyable efficacité même. Et Kin savait que Walter était au courant que Lisa Innugati le remplaçait dans ses classes pour le reste de la semaine. Elle n'était pas officiellement une professeure, mais elle était douée avec les enfants et s'assurait toujours qu'ils fassent les tâches que Kin leur laissait. Au moins, il n'avait pris que deux journées de congé pour cette mascarade.

Le sourire de Walter était espiègle.

— Je parie qu'elle est heureuse de le faire, dit-il.

— Oui. Elle adore les enfants.

— Et toi.

Kin résista à l'envie de soupirer. Au lieu de ça, il sourit.

— C'est une bonne amie, mais ça n'a pas marché entre nous.

— Mais vous étiez juste des enfants à l'époque, insista Walter. T'es toujours obsédé par cette fille de l'Ouest ?

— J'en ai bien peur, oui.

Sa petite amie imaginaire de l'université avait *vraiment* brisé son cœur. Kin savait que tout le monde se demandait pourquoi il ne s'était pas marié ni ne sortait avec des filles. Parfois, il pensait qu'ils devaient sûrement supposer la vérité à propos de lui, mais cela ne semblait pas traverser l'esprit de qui que ce soit. C'était l'Arctique.

Il n'avait jamais rencontré une autre personne gay à Nunavut, bien qu'il sache qu'il ne devait pas être le seul. Mais sans routes entre les communautés, ce n'était pas comme s'ils pouvaient se rencontrer. Même la capitale du Nunavut ne comprenait qu'une population de sept mille personnes.

Walter enfonça sa botte dans la neige fraîche qui était

tombée durant la nuit et qui avait couvert la communauté.

— Ce Capitaine t'a-t-il dit pourquoi il est ici ?

C'était la question que tout le monde se posait, bien
sûr. Kin haussa les épaules et revérifia le nœud qui
attachait le komatik à l'arrière de son autoneige.

— Juste une inspection. Rien d'important.

— La routine, hein ? demanda Walter d'un air peu
convaincu.

Kin grimpa sur la motoneige.

— Ouais.

— Eh bien, fais-nous honneur. Tu le fais toujours.

Kin sourit.

— Merci, Walter.

Il avait éteint les lumières et s'était assuré que la porte
était verrouillée… une habitude qu'il avait apprise à
Edmonton. Kin n'avait rien de valeur dans la maison, qui
était plus une chambre, avec salle de bain et un petit
espace considéré comme une cuisine, de l'autre côté. Ses
livres étaient ses propriétés les plus importantes, et ce
n'était pas comme si quelqu'un les voulait. Il n'avait
aucun jeu vidéo, ni alcool, donc il était en sécurité.

Les lumières commencèrent à étinceler alors qu'il
roulait à travers Arctic Bay pour se rendre à l'hôtel.
C'était la fin du mois d'octobre, les motoneiges devenant

le seul moyen de transport. Il était en avance, alors il éteignit le moteur quand il arriva au Siquniq. Tandis que le ciel s'éclairait peu à peu, Kin regarda son souffle assombrir l'air et écouta la voix de Turner dans sa tête.

Une perte de temps. Ça n'aura pas d'importance.

Il soupira alors que sa peau frissonnait et rougissait. Le pire n'était pas qu'il ait pris deux jours de congé juste quand ses élèves se préparaient pour leurs examens, mais qu'il ait été *excité*. Fier, même. Un Capitaine de l'armée venant à Arctic Bay !

Il avait été nerveux pendant toute la semaine, planifiant la patrouille et prenant en considération les suggestions de tout le monde concernant les meilleurs endroits à montrer à Turner. Dommage que ce connard arrogant s'en fiche. Kin avait eu peur de dire une bêtise, mais apparemment, il n'aurait pas dû y penser, du tout.

La porte de l'hôtel s'ouvrit et le Capitaine en émergea, tombant à pic. Kin se redressa et le salua, et Turner le lui retourna.

— Bonjour. Vous n'avez pas besoin de me saluer à chaque fois. Il n'est pas nécessaire de faire des cérémonies.

Il ne veut pas perdre son temps.

— Très bien, Capitaine Turner.

— Et s'il vous plaît, appelez-moi Jack.

Il n'avait d'autre choix que de faire de même.

— Kin.

— Kin. Parfait.

Il agita la main vers son pantalon de neige couleur olive et sa parka. Il portait des bottes blanches et épaisses au lieu de ses bottes de combat avec lesquelles il était arrivé, et son fusil était sanglé sur son épaule.

— Je porte des épaisseurs de vêtements. Êtes-vous sûr que je ne doive pas apporter autre chose ? demanda Jack.

— Oui. Je vais mettre votre fusil sur le traîneau avec le mien, dit Kin en tendant la main pour le saisir, même si cette chose allait sûrement être inutile si la température diminuait.

Turner – Jack – le lui tendit.

— Est-ce que cette chose va tenir ? demanda-t-il en hochant la tête vers le komatik.

Non. C'est pour ça que je l'emmène.

— Il y a plus de fournitures ici, dit Kin en indiquant l'arrière où les planches se croisaient et étaient attachées au traîneau avec une corde. Clouez-les ensemble et elles vont se désintégrer d'ici quelques kilomètres en cahotant sur ce terrain.

— Ah. C'est logique, fit Jack.

Je sais, pensa Kin.

— La ville est bien calme, la matinée. Je suppose que

ce n'est jamais bruyant ici, hein ?

— Hameau.

Jack fronça les sourcils.

— Je vous demande pardon ?

— Ce n'est pas une ville. Nous avons des hameaux à Nunavut.

Kin était pointilleux, mais il ne put s'en empêcher.

— Oh, fit Jack à nouveau. Il a neigé, hein ?

Un moment plus tard, il secoua la tête en souriant.

— Peut-être que vous devriez m'appeler Capitaine Évident.

Il avait un beau sourire. Ses lèvres étaient larges et rouges, et un peu minces, ce qui allait bien avec sa mâchoire carrée. Il s'était rasé, et portait une toque de laine sur ses cheveux blond foncé.

— Alors, euh… de quel tissu est fait votre pantalon ? demanda Jack.

Kin réalisa qu'il le regardait fixement et détourna les yeux rapidement.

— Du Caribou.

Le pantalon en fourrure était enfoncé dans ses bottes hautes, et sa lourde parka noire lui arrivait jusqu'à mi-cuisses. Il ne faisait que moins dix degrés, et il n'avait pas besoin de porter sa combinaison d'hiver. Mais vous ne saviez jamais comment le climat pouvait changer dans la toundra.

— Ça m'a l'air confortable.

Kin leva ses mains couvertes de gants de fourrures.

— Peau de Grizzli.

Il fourra sa main dans son sac à dos, qui se trouvait à l'arrière de la motoneige, et donna à Jack une bouteille d'eau en métal.

— Glissez-la dans une des poches de votre parka. Gardez-la proche de votre corps afin qu'elle ne congèle pas.

Jack fit ce qu'on lui demanda. Ensuite, Kin lui passa autour de son cou une écharpe en laine qui pouvait couvrir la bouche et le nez, et une large paire de lunettes de protection.

— J'ai des verres polarisés pour nous protéger du soleil. Les transparentes sont mieux adaptées dans l'obscurité.

Il mit ses lunettes avant de remonter son capuchon en fourrure sur son bonnet rouge. Il s'installa sur la motoneige et démarra le moteur.

— Nous devrions y aller.

— Pas de casques ? demanda Jack, sa voix étouffée sous la grosse écharpe.

Kin hésita avant de répondre.

— Je pourrais en prendre. Mais plus personne ne

porte de casque ici. Je sais que nous devrions le faire, mais…

Il haussa les épaules.

— Nan, pas de souci. À quelle heure le soleil se lève ? demanda à nouveau Jack en grimpant derrière Kin.

— Vers neuf heures.

— Pourrez-vous quand même voir où nous allons ?

— Je connais cette terre ! s'irrita Kin.

— Bien sûr. Je ne voulais pas insinuer…

— Vous feriez mieux de vous tenir, le coupa Kin en relevant sa propre écharpe jusqu'à son nez.

Jack pouvait bien penser que c'était inutile, mais Kin lui montrerait que les Rangers savaient ce qu'ils faisaient.

Il roula lentement quand ils traversèrent la ville, mais bientôt, ils prirent plus de vitesse sous le clair de lune. Les bras de Jack étaient serrés autour de lui, et même à travers leurs couches de vêtements, ce fut étrangement intime et gênant. Kin était monté avec beaucoup de gens auparavant, mais il y avait quelque chose à propos de Jack Turner qui le déstabilisait.

Même avec sept heures de lumière solaire seulement, ça allait être une longue journée.

ALORS QUE LE soleil filtrait à travers de gros nuages gris deux heures plus tard, Kin arrêta la motoneige et descendit, baissant ses lunettes sur son cou.

Jack retira les siennes et regarda autour de lui.

— C'est très…

— Désolé. Lunaire, presque, le coupa Kin. Comme la lune avec de la neige. Vous pouvez voir à des kilomètres.

Il se détendit un peu. C'était assez vrai. Ils se trouvaient sur un haut plateau de la péninsule Borden avec de la neige fraiche couvrant la terre aride, et bien que l'air lui pince les poumons, Kin inspira profondément. Même s'il détestait manquer son travail quand ses élèves avaient besoin de lui, c'était une bonne journée pour être dans la toundra. Il prit son fusil du traîneau et le tendit à Jack.

— Prenez ça.

— Whaou !

Jack souleva l'arme et fit courir une main gantée le long du canon.

— C'est un Enfield, n'est-ce pas ? Qui a un calibre 303 à verrou ?

Kin hocha la tête.

— Je pensais que la police municipale remplaçait ces reliques ? C'est des fusils de la Deuxième Guerre Mondiale. Nous ne les avons pas utilisés depuis au moins la Guerre de Corée.

Avec un haussement d'épaules, Kin sortit une petite boîte en métal du traîneau.

— Le gouvernement le dit depuis des années, mais c'est toujours reporté. Cependant, ça ne me dérange pas. Les Enfields ont un très grand avantage sur vos fusils neufs.

Jack haussa un sourcil.

— Et c'est… ?

— Le mécanisme ne gèle pas. Parfois, la température descend jusqu'à moins quarante, voire cinquante degrés en hiver. Il fait trop froid. Je préférerais encore un fusil dont je suis sûr qu'il marche dans ces cas-là, même s'ils sont vieux.

— Je ne pense pas que vous en ayez besoin de toute façon, dit Jack en jetant un coup d'œil autour de lui.

— Vous ne savez pas ce que vous pourrez trouver ici.

Kin retira son gant droit pour ouvrir le verrou de la boite qui contenait son compas.

— Pourquoi ? Les Russes nous envahissent ? sourit Jack.

— Non. Mais les ours polaires sont déjà là.

Les yeux de Jack s'écarquillèrent et il regarda à nouveau autour de lui.

Kin se mit à rire malgré lui.

— Pas maintenant. Ils ont l'habitude de rester près de la côte, mais ils se déplacent parfois sur la terre. Nous devons être vigilants.

Pendant un moment, Jack fixa toujours l'horizon, tournant sur lui-même avant que ses épaules ne s'affaissent.

— C'est votre devise, hein ? Vous, les Rangers ?

— Oui. *Vigilans.*[8] Les gardiens.

Kin remit son gant avant que ses doigts ne deviennent engourdis, mais laissa le compas dans la boîte pour l'instant.

— Que savez-vous sur nous ? Les Rangers, je veux dire.

Jack abaissa la crosse de la carabine à sa botte.

— Vous faites partie de la Réserve des FC, et c'est 1 GPRC, qui englobe Nunavut, Yukon, les Territoires du Nord-Ouest, et Atlin jusqu'au nord de la Colombie-Britannique.

Kin lui demanda presque d'expliquer les abréviations pour le reste de la classe — La Réserve des Forces Canadiennes ; et Groupe de Patrouille des Rangers Canadiens — avant de se rappeler que ses élèves n'étaient pas là. *Peut-être que j'ai vraiment besoin de ces quelques*

---

[8] La devise des Rangers canadiens est « *Vigilans* » qui se traduit par « Les gardiens ».

jours de congé.

Jack continua.

— Plus de quatre-vingts pour cent des Rangers dans 1 GPRC sont inuit, et parlent Inuktitut, celle-ci étant considérée comme votre langue natale. Quelques-uns parlent le déné, ou d'autres langues inuit. Vous êtes les yeux et les oreilles des Forces Canadiennes dans l'Arctique. Vous participez à des opérations d'entrainement nordiques, surveillez les stations radars du Système d'Alerte Nord, reportez des activités suspicieuses et inhabituelles, aidez à la recherche et au sauvetage et recueillez les données locales d'importance pour les opérations militaires.

Le Capitaine Turner avait apparemment fait ses devoirs, la nuit dernière. Ou du moins, il avait passé quelques minutes à faire des recherches sur Google.

— Oui. Mais qu'est-ce que vous *savez vraiment* sur nous ?

— Je..., commença-t-il avant de soupirer. Écoutez, je n'en sais pas beaucoup. Mais puisque je suis ici, je voudrais apprendre. Je suis tout ouïe.

Il jeta un regard autour de lui.

— Tout œil aussi, poursuivit-il. Y a-t-il un truc pour apercevoir des ours polaires, au fait ?

Alors maintenant, Jack voulait apprendre ? C'était un

progrès, supposa Kin.

— Pas vraiment, répondit ce dernier. Faites juste attention au moindre mouvement. Et griffes. Sans oublier les crocs.

— J'ai l'impression d'être comme Luke Skywalker dans Hoth.

Surpris, Kin éclata de rire.

— Juste avant que le monstre de neige ne le traine dans son antre ?

— Exactement. Vous allez me sauver, pas vrai ? Y a-t-il des tauntauns dans lesquels nous pouvons dormir ?

— J'ai bien peur que non. Je vais juste vous tenir chaud moi-même, répondit Kin.

Alors que les mots sortaient de sa bouche, le visage de Kin rougit. Turner allait penser qu'il flirtait avec lui s'il ne faisait pas attention.

— C'est mon film préféré depuis mon enfance, poursuivit-il.

Jack lui sourit.

— Moi aussi. Je le connais par cœur. Les trois films originaux.

Kin découvrit à cet instant que les yeux de Jack plissaient aux coins quand il souriait vraiment et n'essayait pas seulement d'être poli.

— La nouvelle trilogie ne compte pas, dit-il.

— Non. Aussi, Han a tiré en premier, renchérit Jack.

Eh bien, au moins ils avaient *Star Wars* en commun.

— Exactement.

— Belle motoneige, au fait.

— Vous ne devriez pas l'appeler VANL ?

Jack eut un sourire en coin.

— Ah oui, le terme militaire officiel. Je n'ai eu affaire qu'à des déserts pendant toute ma vie. C'était quoi déjà ? Véhicule Auto-Neige Léger ? Eh bien, je suppose que je pourrais l'appeler comme ça si je veux encore une fois avoir l'air d'un con. Ce que je ne veux pas, pour info. J'ai la mauvaise habitude de dire des bêtises.

Kin cilla, surpris à nouveau. Il ne savait pas quoi répondre.

— Excuses acceptées, dit-il enfin en retirant l'appareil noir en métal de la boîte.

Le regard de Jack se riva sur l'objet en question.

— Est-ce un compas de navigation ? demanda-t-il.

— Oui, répondit le canadien en souriant, un peu choqué que Jack connaisse l'appareil.

Il le stabilisa sur une surface plate à l'arrière du traineau et le pointa vers le nord. Sa forme ressemblait à celle d'un petit microscope, mais avec une plaque de base caractérisée par les points cardinaux, un tambour rond et un cadran au-dessus.

— Vous en avez déjà utilisé un auparavant ?

Jack s'agenouilla près du traineau, une main posant le fusil près de lui, sur la neige. Ses lèvres étaient entrouvertes et ses yeux brillaient alors qu'il observait le compas.

— Pas depuis des années. En tant que cadet, je passais beaucoup de temps à Valcatraz, répondit Jack en relevant les yeux vers lui. La BFC Valcartier,[9] près de la ville du Québec. L'un des professeurs nous avait montré comment l'utiliser.

Il pointa le doigt vers le compas.

— C'est le tambour équatorial, pas vrai ? Avec les viseurs au-dessus ? Vous l'ajustez selon la latitude et l'heure de la journée, et un angle du soleil ou quelle que soit l'étoile que vous utilisez ?

Kin sourit à nouveau.

— C'est vrai, dit-il en prenant le tableau astronomique qu'il avait imprimé avec l'angle horaire local du soleil et d'autres étoiles pour les prochains jours. J'ai un GPS avec moi, mais il n'est pas fiable ici, et ce compas ne sera jamais à court de jus ni ne gèlera.

Puis il haussa les épaules avant de poursuivre.

---

[9] La base des Forces Canadiennes, aussi appelée **garnison Valcartier**, est une base des Forces canadiennes, située à Saint-Gabriel-de-Valcartier immédiatement au nord-ouest de la ville de Québec.

— Et puis, c'est très amusant à utiliser. Pour moi, en tout cas.

— Moi aussi, renchérit Jack en souriant, puis il regarda sa montre. Et quand nous sommes si près du Pôle Nord, les compas magnétiques deviennent instables.

Il jeta un autre coup d'œil au compas comme un enfant avec un nouveau jouet.

— Mais cet appareil va nous montrer le vrai nord !

— Vous voulez l'essayer ?

— Puis-je ?

Hochant la tête, Kin prit le fusil et donna à Jack l'imprimé.

—Je n'ai jamais rencontré une personne qui s'intéresse à ce genre de choses. Vous aimez l'astronomie ?

Jack sourit à nouveau, et des petites rides sexy se formèrent au coin de ses yeux.

— Depuis tout petit. Et vous ?

Le ventre de Kin papillonnait comme si un oiseau était piégé à l'intérieur.

Il n'est pas sexy. Arrête de penser ça. Il aime Han Solo et l'Astronomie ? Et alors ? Et oui, il a présenté ses excuses, mais…

Il hocha la tête.

—Avant que mon père ne parte, il avait l'habitude

de me montrer toutes les étoiles.

Pourquoi avait-il dit ça ? Il ne parlait jamais de son père, encore moins à un étranger. Il se leva et sortit le thermos du sac avant de prendre une gorgée et de l'offrir à Jack.

— Du cidre chaud. Nous allons fondre de la glace pour avoir de l'eau quand nous nous arrêterons pour la nuit.

— Oh, merci, dit Jack.

Il en prit quelques gorgées, sa pomme d'Adam montant et descendant alors qu'il déglutissait.

— OK, je pense que les réglages sont bons, poursuivit-il.

— Si le soleil est dans le viseur, alors le compas va nous montrer le vrai Nord, déclara Kin, puis il s'agenouilla près de Jack. Et voilà.

— Avons-nous les bonnes coordonnées ? demanda Jack en se penchant pour observer le côté du compas, et son souffle effleura la joue de Kin.

Celui-ci hocha la tête, essayant d'ignorer le frisson qui lui traversa la colonne vertébrale.

— J'aime juste revérifier. En fait, j'aime utiliser le compas de navigation.

— Où nous dirigeons-nous ?

— Nous allons contourner l'extrémité Sud du parc

national. C'est appelé Sirmilik. Dans deux jours, nous nous dirigerons ensuite vers l'Ouest sur la péninsule, de retour vers les côtes. Visiter ce que l'on peut voir.

Jack et lui étaient épaule contre épaule à l'arrière du traineau, très proches l'un de l'autre. Kin se redressa vivement.

— Vous avez faim ? demanda-t-il en ouvrant un sac en plastique, contenant de la viande de phoque crue partiellement congelée puis le tendant à Jack.

Avec un froncement de sourcils, ce dernier prit le sac.

— C'est du foie ? demanda-t-il.

— Du phoque, répondit Kin en avalant une bouchée de la viande rouge.

Elle était un peu épaisse quand elle était congelée, mais Kin la déglutit facilement.

— Crue ? demanda Jack en retirant son gant et prenant un morceau.

Il le mâcha pensivement.

— Mmm. Ça sent le poisson, mais… ça me rappelle aussi un plat de gibier.

— Beaucoup de sudistes rechignent à manger du phoque.

Jack haussa les épaules.

— Quand on est à Rome, on fait comme les Romains. Pourquoi la mangez-vous crue ?

— Là dehors, c'est meilleur. Mon grand-père disait toujours : ça se cuit dans l'estomac. Ça nous donne plus d'énergie.

Jack avala un autre morceau et lui tendit à nouveau le sac en plastique.

— L'arrière-goût est comme…

— Un goût de fer, suggéra Kin, prenant un autre morceau.

Il mâchouilla plusieurs fois avant de l'avaler.

— J'ai quelques granolas et des barres protéinées aussi.

— Oui. J'aimerais bien un granola chaser. Hey, que mangent les végétariens ici s'ils n'aiment pas les poissons ?

Kin sourit d'un air ironique.

— Tous les végétariens sont du Sud.

— Vraiment ? Euh, c'est logique, je crois. Pas beaucoup de tofu sur la toundra.

Avec un petit rire, Kin secoua la tête.

— Pas vraiment. Un végétarien pour nous veut dire « mauvais chasseur ».

— Ah, heureusement que je n'ai pas demandé un plat végétarien au dîner, la nuit dernière, dit-il en grimaçant. Ou végétalien, Dieu nous en garde.

Kin se mit à rire.

— Non, l'Arctique n'est pas un endroit pour une personne qui veut éviter les produits à base d'animaux.

— La loi du plus fort, pas vrai ? En parlant de ça, apercevez-vous beaucoup d'ours polaires ?

Kin réfléchit.

— J'en vois assez. Je l'ai échappé belle une fois quand je campais en patrouille. Je me suis réveillé en pleine nuit pour voir un ours polaire qui donnait des coups de patte à mon pote, Michael. Heureusement qu'il avait toujours ses bottes après être allé se soulager. L'ours avait déchiqueté la moitié de notre tente, mais nous avions réussi à tirer et je suppose qu'il a décidé que nous étions trop compliqués pour lui.

— Les rebelles de l'Arctique.

— Quelque chose comme ça, sourit Kin. Au moins, avec un ours polaire, vous savez à quoi vous attendre. Ils ne cachent pas des bombes.

Le regard de Jack se fit distant, et il retira ses gants pour arracher l'emballage de son granola.

— Oui, c'est quelque chose.

L'idée de demander comment c'était en Afghanistan traversa l'esprit de Kin, mais au lieu de cela, il mangea un autre morceau de viande crue. Le silence était étrangement confortable. La journée se passait plutôt bien après tout.

Après une minute, Jack demanda :

— Vous êtes jeune pour être élu Sergent Ranger, n'est-ce pas ?

Kin haussa les épaules.

— Oui. Quand le vieux sergent est mort, la patrouille voulait que je prenne sa place. Peut-être parce que je suis un professeur. Je ne sais pas.

— Vous devez être très respecté dans la communauté.

L'estomac de Kin se noua.

— Je suppose.

Mais les gens d'Arctic Bay ne le connaissaient pas vraiment. Si c'était le cas... il prit une profonde inspiration, sa poitrine se serrant.

— J'ai toujours voulu être Ranger, poursuivit-il.

— Ça doit être assez amusant. Vous n'avez pas à vous inquiéter que quelque chose se passe ici.

Bien qu'il sache que l'Arctique était bien différent de l'Afghanistan, Kin s'irrita du ton dédaigneux de Jack.

— Nous ne sommes peut-être pas entrainés pour combattre, mais si jamais quelque chose se passe, vous allez avoir besoin de nous ! Vous, les sudistes, ne survivrez pas un jour sans notre aide !

Il attrapa le fusil et remballa ce qui avait été ouvert dans le traîneau. La colère, c'était bien. La colère, c' était sans danger.

— Nous devons y aller.

Jack leva ses deux mains en signe de paix.

— Écoutez, je suis…

Mais Kin alluma le moteur, et le rugissement de la motoneige emplit l'air. C'était bien trop bruyant pour parler une fois qu'ils reprirent la route sur la toundra, ce qui était probablement une bonne chose. Il s'agissait d'un déplacement professionnel, et ce n'était pas comme si le Capitaine Jack et lui devaient être amis. Kin ne devrait certainement pas trouver l'homme sexy. Non, ce qu'il devait faire était son travail. Rien de moins, et sûrement rien de plus.

À QUATRE HEURES, le soleil se couchait derrière l'horizon, et Kin planta le dernier piquet de tente.

— Ces piquets doivent être en titane s'ils traversent le pergélisol, dit Jack.

Ce dernier surveillait les prédateurs, et balayait l'horizon avec les jumelles du canadien.

— Tout juste, déclara Kin.

Celui-ci était trempé de sueur sous ses couches de vêtements, et il se hâta de relever les pylônes et la tente.

— Mon marteau s'est brisé une fois. Il faisait assez froid ce jour-là.

— Quelle est votre définition de « assez froid » ? demanda Jack.

Kin réfléchit.

— Quand c'est inférieur à moins quarante degrés, c'est assez froid. Ce n'est pas si mal.

— Je sens qu'il fait de plus en plus froid, dit Jack en regardant sa montre. Cinq degrés Fahrenheit. Ce qui fait moins quinze degrés.

— Ouais, à propos, pourquoi votre montre est-elle en Fahrenheit ? demanda Kin.

Kin fixa les haubanages sur la tente au cas où le vent se lèverait. Les nuages s'étaient partiellement dissipés, et les étoiles apparurent alors que la lumière s'estompait.

— C'était un cadeau d'une Américaine. Elle était Sergent-chef à Kabul. Elle me l'a donné avant qu'elle ne rentre chez elle à Knoxville.

Ah. Probablement une petite amie.

Kin se sentait étrangement déçu, bien qu'il n'ait aucune raison de se soucier si Jack était hétéro ou non. Il se concentra sur sa tâche, qui consistait à déplacer leurs équipements à l'intérieur. D'abord, il étala quelques peaux, et ensuite, il alluma une lanterne et l'accrocha au sommet de la tente.

— Comment allons-nous dormir ici ? lança Jack. Mon Dieu, comment faites-vous en plein hiver ?

— Nous nous débrouillons ?

Dans la tente, Kin alluma le réchaud. La tôle rectangulaire verte comportait deux brûleurs, et il s'assura que le petit réservoir à combustible rouge attaché sur le côté soit plein avant de sortir. Ils avaient des combustibles supplémentaires, mais le remplir pouvait être difficile quand vous deviez vous réchauffer le plus vite possible.

— Vous pouvez entrer maintenant. Laissez vos bottes devant l'entrée.

Il enleva les siennes et enfila ses chaussures en caribou sur ses épaisses chaussettes alors que Jack se réfugiait à l'intérieur, posant le fusil doucement près de la porte. Kin lui tendit une paire de chaussons.

— Mettez ça. Les orteils se gèlent facilement.

Jack jeta un coup d'œil autour de lui.

— C'est agréable. Pas d'iglou ?

Kin sourit.

— Je peux en construire un, mais la tente est plus facile. Ça dépend du climat et des conditions de neige. J'essaye d'en construire quelques-uns chaque hiver pour ne pas oublier comment faire. Les jeunes gens d'aujourd'hui n'apprennent pas les techniques de survie que nous avions l'habitude d'avoir. Mais mon grand-père s'est assuré que je les connaisse.

— Est-il prudent d'avoir un réchaud ici ?

— La couche intérieure de la tente est faite de polyester, qui est résistant aux flammes. Elle est faite pour les conditions de vie en Arctique et perméable à l'air pour que notre souffle ne se condense pas et gèle à l'intérieur.

La tente à deux places était très spacieuse, et il y avait assez d'espace pour s'asseoir confortablement avec quelques mètres de hauteur en plus. Kin s'assura que les portes intérieure et extérieure soient bien fermées.

— L'enveloppe extérieure résiste au vent. Si ce dernier devient violent, j'ai une scie pour construire une paroi et nous protéger.

— Avec de la neige ?

Il hocha la tête.

— Comme un iglou sans toit.

— Seigneur, ce que c'est bon d'avoir chaud ! Ça fait une grande différence d'être ici, dit Jack en enlevant ses gants et frottant ses mains tout en les levant devant le réchaud. Qu'y a-t-il pour le dîner ?

— Je vais faire réchauffer des banniques et du thé. J'ai apporté du caribou séché ainsi que du phoque, répondit Kin.

Il posa quelques morceaux de glace dans une casserole pour les faire bouillir, et réchauffa la bannique ronde dans une poêle sur l'autre brûleur. Bientôt, ils prirent des bouchées de pain et sirotèrent leur thé.

Jack gémit.

— Délicieux ! Je n'ai pas mangé des banniques depuis des années. C'est comme un grand biscuit.

Kin fut ridiculement ravi par le compliment… et rougit quand il entendit le son que Jack fit. *Stop ! N'y pense même pas. Ce n'est que du business. C'est un connard arrogant, rappelle-toi !*

— Oh, vous avez…, dit Jack en indiquant sa bouche.

Kin essuya les miettes aux coins de ses lèvres.

— Je les ai enlevés ?

Le regard de Jack passa de sa bouche à ses yeux avant de revenir vers sa bouche.

— Euh… oui, dit-il.

Ils étaient assis à côté du réchaud sur des peaux d'ours et de caribou, les jambes croisées. La tente était assez réchauffée maintenant, et leurs parkas se trouvaient près de la porte. Ils portaient tous les deux leurs uniformes, et Kin nettoya les miettes de son sweatshirt rouge. Il avait un peu de caribou séché dans la boite alimentaire.

— Aimez-vous les pêches ?

La bouche de Jack était pleine, mais il hocha la tête.

Kin ouvrit la boîte de conserve et la posa sur la poêle.

Bientôt, le jus de pêche bouillit et il donna à Jack une fourchette.

— Oh, mon dieu, dit Jack en mangeant une pêche et en fermant les yeux. Je n'en ai jamais mangé d'aussi bonnes !

— En Arctique, tout est bon. Surtout si c'est chaud.

Kin enfonça sa fourchette dans le doux fruit et le savoura. Le jus sucré coula sur son menton, et il l'essuya avant de sucer son doigt. Quand il releva les yeux pour tendre la boîte de conserve à Jack, celui-ci le fixait intensément, les joues rouges et ses lèvres brillantes du sirop de pêche.

Le cœur de Kin bondit, comme un poisson hors de l'eau. Il détourna vivement le regard, le posant sur la boîte de conserve dans sa main et dit la première chose qui lui traversa l'esprit et qui n'impliquait pas de lécher le jus des lèvres de Jack.

— C'est la spécialité de mon grand-père. Il devait toujours compter les pêches pour mon frère et moi, sinon nous nous battions pour pouvoir en manger plus que l'autre.

Dès que les mots sortirent de sa bouche, le bourdonnement qui l'animait disparut alors que des souvenirs s'imposaient à son esprit. *Attrapant une pêche du bol de son petit frère, et le cri d'indignation de Maguyuk emplis-*

sant l'iglou.

— J'imagine, sourit Jack. Votre grand-père était-il un Ranger ?

Kin repoussa ses souvenirs.

— Oui, il l'était. Il est à la retraite maintenant. Il dit qu'il est trop vieux pour ça, mais il chasse toujours et va à la pêche aussi, plus qu'auparavant.

— Qu'en est-il de votre frère ? Est-il toujours à Arctic Bay ?

La gorge de Kin se serra.

— Non, répondit-il brièvement avant d'avaler son thé.

— Où vit-il alors ? demanda Jack en piquant une autre pêche.

— Il est mort.

La fourchette de Jack se figea sur sa bouche, et il l'abaissa sans manger le fruit.

— Je suis désolé.

Kin prit du thé.

— Merci.

Il se prépara pour les questions inévitables qui n'allaient sûrement pas tarder.

— Alors, dîtes-moi, les ours polaires n'aiment pas les pêches, n'est-ce pas ?

Kin expira lentement et réussit à adresser un sourire

reconnaissant à Jack.

— Nan. Ils aiment les ananas.

— Ouais, j'y ai pensé aussi. Je parie qu'ils aiment les jus de fruits tropicaux, dit Jack en lui retournant la boîte de conserve.

— Ouais, dit-il en avalant une autre pêche. Je ferai mieux d'aller vérifier que tout va bien.

— Puis-je venir avec vous ?

Kin fronça les sourcils.

— Êtes-vous sûr de vouloir sortir ?

— Quand vous êtes à Rome, pas vrai ? À moins que ça ne vous dérange.

— Non, ça ne me dérangera pas.

Alors que Kin éteignait le réchaud et se préparait, il essaya de donner un sens à tout ça. La plupart des gens qu'il rencontrait étaient classés dans de petites boîtes dans son esprit, mais le Capitaine Jack Turner semblait déterminé à sortir du lot.

Chapitre Trois

Les doigts raides dans ses gants, Jack alluma sa petite lampe de poche sous son sac de couchage. Il était seulement quatre cents heures, mais il faisait noir depuis tellement longtemps qu'il avait l'impression que la nuit ne finirait jamais. Il devait faire sombre, puisqu'il n'y avait aucune lumière provenant de la lune qui apparaissait à travers les parois de la tente. Il frissonna quand il pensa à quoi pouvait bien ressembler un hiver où le soleil se levait à peine.

Prudemment, il pointa la lampe torche autour de la tente, la relevant afin d'éviter de réveiller Kin, qui dormait paisiblement à quelques pas de lui. La toque rouge du canadien apparaissait de son sac de couchage, et Jack pouvait voir ses yeux fermés et son nez. Il respirait profondément et de manière régulière.

Les chances d'allumer le réchaud sans le réveiller étaient nulles, alors Jack ne bougea pas, frissonnant dans son sac de couchage. Kin ne semblait absolument pas gêné par le froid, mais lui, il claquait des dents. Il voulait s'enrouler dans l'une des peaux qui se trouvaient sous eux, cependant, l'idée de sortir de son sac n'était pas très attrayante.

Il aurait dû éteindre la lampe de poche puisqu'il perdait de la batterie, mais au lieu de cela, il regarda Kin dormir. Il avait partagé des tentes avec des dizaines d'hommes, pendant des années, mais personne ne l'avait intrigué comme Kin Carsen. *Même pas Grant.* Il grimaça à la pointe de culpabilité familière qui lui noua l'estomac.

Ses cicatrices se rappelèrent à lui et il tendit la main vers sa nuque et son épaule, laissant tomber la lampe de poche avec un bruit sourd, le faisceau de lumière tournoyant dans la tente. C'était comme si sa peau le brûlait à nouveau, et elle se hérissait d'une façon insupportable. Il enleva ses gants pour mieux se gratter, se tordant dans l'étroit sac de couchage.

— Jack ? murmura Kin.

— Je vais bien, siffla-t-il, les dents serrées. Rendormez-vous.

Le ton de Kin était clair, toute somnolence disparue.

— Que se passe-t-il ?

La lumière illumina son visage, et Jack ferma les yeux, se réfugiant sous son sac de couchage.

— J'ai dit que ce n'était rien. Laissez-moi tranquille, bon sang !

Il enfonça ses ongles dans sa peau, bien qu'il sache que ça allait passer rapidement s'il ne touchait pas à ses cicatrices. Les médecins avaient dit que la démangeaison était dans sa tête, mais c'était dur de le croire quand il tremblait de picotements. Au moins, il n'avait plus aussi froid.

— J'essaye seulement d'aider.

— Alors, *ne le faites pas*. Je n'ai pas besoin de votre aide.

— Eh bien, veuillez m'excuser, *Monsieur*.

Le faisceau de lumière s'éteignit, et quand Jack ouvrit les yeux, la tente était à nouveau sombre. *Merde. Merde, merde, merde.* Il inspira lourdement, se forçant à arrêter de se gratter.

— Je suis désolé. Ce n'est pas vous, d'accord ? C'est cent pour cent moi. Je suis un connard ces derniers temps.

Il y eut un silence pendant un long moment. En-suite :

— Est-ce le diagnostic officiel ?

Jack éclata de rire, son corps se détendant un peu. Il

chercha ses gants, mais ne put les trouver, alors il serra ses mains contre son torse.

— Ça devrait l'être. Désolé d'être une drama queen. Vous êtes plus patient que je ne le serais si j'étais coincé avec un PDB.

— Vous allez devoir m'éclairer.

— Un putain de bleu.

Kin se mit à rire doucement, et Jack aurait voulu voir ses petites fossettes qui creusaient ses joues. Il essaya de penser à quelque chose d'autre qui le ferait rire.

— Je ne vous en voudrais pas si vous aviez le MAZ, là maintenant.

— D'accord, crachez le morceau.

— Le moral à zéro.

Kin rit à nouveau, et malgré le froid, Jack sentit une vague de chaleur envahir son torse.

— Avez-vous un dictionnaire Armée-Anglais ? Mes élèves adoreraient.

— Non, mais quelqu'un devrait en écrire un.

— Peut-être que ça devrait être votre prochaine mission.

— Peut-être.

Jack respira facilement à nouveau. Il y avait quelque chose d'agréable dans le fait de parler dans le noir, chacun dans son sac de couchage. Cela lui rappelait son enfance quand il allait dormir chez Jimmy Leclerc, discutant pendant des heures, toute la nuit, sur le vieux tapis du sous-sol. Et comme il l'avait fait avec Jimmy, Jack s'approcha un peu plus de Kin, se déplaçant aussi silencieusement que possible.

Il ne savait pas pourquoi il avait cette envie, puisqu'à présent, il était un homme adulte et qu'il n'avait pas l'excuse d'avoir peur du noir, ni des grondements et du bruit de la chaudière de la maison de son ami d'enfance. À l'extérieur de la tente, il n'y avait seulement que le doux murmure du vent. Mais il se sentait attiré par Kin, et par le son de sa respiration.

— Comment est-ce durant le Soleil de Minuit ? Quand c'est la journée vingt-quatre heures sur vingt-quatre ? demanda Jack.

— C'est... animé. Le restaurant à l'hôtel est ouvert jour et nuit puisqu'il y a toujours une personne éveillée. J'essaye de respecter les heures normales, mais c'est dur. Il y a beaucoup plus de bruit, et de gens en vadrouille. Nous hibernons en hiver et nous nous rattrapons en été.

— Ça doit être bizarre. Je suppose que vous êtes habitué à cela.

— Ouais. C'est juste ainsi que cela se passe. Tout le monde a des rideaux occultant. Mais il y a toujours une fête quelque part. Une fois...

Jack attendit quelques secondes.

— Une fois quoi ?

— Mon frère s'est faufilé de la maison et est allé pécher avec ses copains au milieu de la nuit. Ils ont « emprunté » un bateau, et bien sûr, ils se sont fait prendre puisqu'ils étaient au milieu de la baie, aussi clairs que le jour. Même en hiver, il y avait toujours quelqu'un qui surveillait. Il est difficile de garder ses secrets à Arctic Bay.

— Avez-vous essayé ?

Kin fut silencieux pendant un moment.

— Tout le monde a quelque chose à cacher.

Jack se força à ne pas poser de questions. Mais il avait également ses propres secrets, et c'était mieux de tout laisser sous clé, peu importe à quel point il se sentait à l'aise dans le noir avec Kin. Tout ce que Jack dirait pourrait le hanter au petit matin.

— C'est pour cette raison que j'aime venir ici. Il n'y a que la terre, et elle garde tous ses secrets.

— Et qu'en est-il des ours polaires ?

Kin se mit à rire.

— Ce sont les pires commères. Ne jamais dire votre plus sombre secret à un ours polaire.

— Je garderai ça à l'esprit la prochaine fois que je papoterai avec l'un d'eux.

Jack courba les doigts, frottant ses mains nues ensemble.

— Seigneur, il fait froid ! J'ai laissé tomber mes gants.

Le ton de Kin fut dur quand il s'exclama :

— Quoi ?

Il y eut un bruissement et Jack s'attendait à ce qu'une lumière s'allume. Mais son cœur bondit quand Kin parla.

— Donnez-moi vos mains, ordonna-t-il, sa voix étant plus proche.

La gorge de Jack s'assécha, et il entendit ses battements de cœur dans ses oreilles comme s'il portait des écouteurs. Il sortit ses bras du sac de couchage et les tendit à Kin. Quand leurs doigts entrèrent en contact, il dut se mordre les lèvres à cause de la vague de désir qu'il ressentit.

Doucement, Kin prit les mains de Jack dans les siennes et frotta. Il avait enlevé ses propres gants et il caressait à présent ses doigts. Seigneur, c'était si bon. Les mains de Kin étaient légèrement calleuses… plus que ce qu'aurait cru Jack d'un professeur. Bien entendu, il était aussi un Ranger, mais un soldat du Samedi n'avait habituellement pas les mains aussi endurcies.

— Pourquoi n'avez-vous rien dit ? Les engelures peuvent arriver facilement ici. Vous devez être prudent.

Vos doigts sont glacés.

Jack ouvrit la bouche pour donner une quelconque excuse, mais il n'émit qu'un son étranglé quand son index fut enveloppé par une chaleur humide. Kin suça son doigt, sa langue tournant autour de lui, rugueuse et glissante en même temps. Jack était content qu'il ne soit pas debout, parce que son sexe était tellement dur qu'il aurait eu un vertige.

Un *pop* se fit entendre dans la tente alors que Kin relâchait son doigt, semblant positivement obscène. Jack était reconnaissant pour l'obscurité tandis qu'il haletait silencieusement.

— Désolé, murmura Kin. C'est la seule façon de réchauffer les doigts. Si vous avez des engelures, nous devrons repartir dans la matinée.

Il passa à un autre doigt, le fourrant dans sa bouche jusqu'à la seconde articulation.

Jack s'efforça de garder une voix impassible même si son pouls montait en flèche à chaque caresse de la langue de Kin.

— Pas de problème.

Seigneur, c'était l'une des choses la plus érotique qu'il n'avait jamais vue. Kin tint la main gauche de Jack tandis qu'il continuait méthodiquement sa succion sur les doigts de la main droite, et ce dernier dut se concentrer pour ne pas agripper la paume de son compagnon. Il se mordit la langue pour étouffer les gémissements qui menaçaient de sortir de sa gorge. Le souffle chaud du canadien effleura la peau de Jack, et sa bouche… bon sang, sa *bouche*.

Quel effet cela ferait-il de l'avoir sur son sexe ? À cette pensée, ses hanches ondulèrent, sa queue devint plus dure et mourant d'envie d'une quelconque friction. Le besoin de se rapprocher et de se frotter contre la jambe de Kin était presque écrasant. N'avait-il pas eu froid, il y a quelques instants ? À présent, tout son corps était en feu, raide de désir.

Il se mordit la lèvre inférieure. Merde, les choses que Kin faisait avec sa langue. La torture était exquise, et ses doigts fourmillaient. Cela pouvait être douloureux de réchauffer une peau trop froide, mais Jack ne pouvait se focaliser que sur la bouche de Kin.

Celui-ci passa à sa main gauche. Les doigts de la main droite de Jack étaient humides, et il voulait les lécher et goûter la salive de Kin. Mais ce dernier tenait ses deux mains, murmurant quelque chose autour de son doigt. C'était mieux ainsi, car si Jack avait les mains libres, il ne savait pas s'il serait capable de résister à la tentation de les plonger sous ses couches de vêtements pour se caresser, même si Kin entendait ce qu'il faisait.

Son sexe était tendu et humide dans son boxer.

Ouvrant sa bouche dans un gémissement silencieux, il imagina la langue de Kin pas seulement sur sa queue, mais sur tout son corps. Léchant ses tétons et se traçant un chemin vers son ventre. À l'intérieur de ses cuisses, et sur ses boules. Sur son périnée jusqu'à son entrée.

Jack écarta ses jambes aussi largement qu'il le pouvait dans son sac de couchage, comme s'il pouvait attirer la bouche de Kin sur son corps. De sentir cette langue partout sur lui serait le paradis. Alors que le canadien suçait le petit doigt, Jack s'imagina nu, le visage de Kin enfoui dans son sexe.

Puis la chaleur disparut, et Kin tint les mains de Jack entre les siennes, les séchant méthodiquement avec un tissu doux.

— Mieux ?

Était-ce l'imagination de Jack ou bien Kin semblait-il un peu essoufflé ?

Il s'éclaircit la gorge.

— Euh… oui.

Pendant quelques instants, seuls le bruit de leurs souffles lourds et le frottement de la serviette, ou écharpe ou quel que soit le tissu qui le séchait s'entendaient. Puis Kin déclara à nouveau.

— Nous devrions trouver vos gants. Où est la lampe-torche ?

— Je les ai trouvés, lâcha Jack.

Son visage rougi l'aurait trahi en un clin d'œil.

— Comment ?

Jack réalisa que Kin tenait toujours ses mains.

— Ils étaient dans ma poche. Je viens juste de me le rappeler.

Sa voix était anormalement aiguë. Il inspira profondément.

— Merci, dit-il enfin.

— Pas de problème, répondit Kin.

Ce n'était plus vraiment le fait que ce dernier tienne les mains de Jack à présent, mais qu'ils se tiennent l'un l'autre et qu'un petit espace les sépare seulement. Que se passerait-il si Jack rapprochait l'autre homme un peu plus près de lui ? S'il attirait Kin sur lui, capturait sa bouche dans le noir, et se frottait contre lui, et…

Kin le relâcha.

— Nous devrions dormir un peu. Le soleil ne se lèvera pas avant des heures.

— OK. À demain matin.

Alors qu'il écoutait la respiration haletante de Kin, Jack chercha silencieusement ses gants, espérant se ressaisir lorsque le soleil se lèverait.

KIN DEVAIT ARRÊTER de penser à la queue de Jack.

Il se donna une tape intérieurement alors qu'il conduisait la motoneige à une faible hauteur. Jack était pressé contre lui, ses mains sur sa taille. Kin plissa les yeux face à la lumière du soleil, remarquant la montée et descente du terrain, et virant doucement sur la gauche, les dirigeant vers le sud, à la péripétie de Sirmilik.

Est-il circoncis ou non ?

Kin ne pouvait pas s'arrêter d'imaginer ce que ce serait d'avoir la queue de Jack dans sa bouche, quel goût il aurait, son sexe épais sur sa langue, étirant ses lèvres et le remplissant. Quel effet cela lui ferait de l'avoir dans sa main, et les gémissements que Jack pousserait alors que Kin le caresserait. Un grognement fit gronder son torse.

— Vous allez bien ? lança Jack au-dessus du bruit du moteur.

Kin hocha la tête. À quoi avait-il pensé, en suçant les doigts de Jack comme ça ? D'accord, le Capitaine avait véritablement été en danger d'engelures, mais Kin se sentait comme un chien en chaleur depuis. S'il avait été certain de ne pas se faire entendre, il aurait pu se soulager avec sa main en pensant au fantasme de toucher Jack partout. L'embrasser.

Assez ! Il devait arrêter. Il n'allait jamais embrasser ni toucher le Capitaine Jack Turner. Cela n'allait pas arriver. Il devait se contenter de faire son travail, et non de s'humilier. Apparemment, il était célibataire depuis trop longtemps, parce qu'il perdait la tête.

— Pouvons-nous faire une pause ? cria Jack.

Kin ralentit au pied d'une colline d'une large vallée. Quand ils s'arrêtèrent, Jack descendit, et Kin se sentit bêtement abandonné sans l'autre homme pressé contre lui. C'était quoi son problème ?

Le vent était calme, et avec le soleil qui brillait, les cheveux de Kin étaient humides sous sa toque. Ils portaient tous les deux leurs lunettes pour se protéger.

— Avez-vous faim ? demanda-t-il à Jack.

— J'ai toujours faim.

Kin regarda par-dessus son épaule, là où Jack était parti pour se soulager. Son compagnon avait le dos tourné, et le canadien pouvait entendre le bruit de l'urine frappant la neige. Il déglutit difficilement.

— Je suppose qu'il ne fait pas un froid de canard, hein ?

Kin se força à rire.

— Non. Il doit faire moins quarante degrés pour ça. Nous sommes seulement à moins quinze degrés.

— Il fait doux, dit Jack.

Il écouta Jack tandis que celui-ci fermait sa parka, incapable de détourner les yeux jusqu'à ce que l'homme se tourne. Kin baissa précipitamment la tête et prit l'Enfield.

— Voulez-vous surveiller les prédateurs pendant que je fais le déjeuner ?

— Bien sûr, accepta Jack en prenant le fusil.

— Nous pouvons nous entraîner au tir si vous voulez.

Jack rit d'un air moqueur, mais c'était un rire bon enfant.

— Qui a dit que j'avais besoin d'un entrainement ?

— C'est différent de tirer avec un ancien fusil. Vos armes de luxe font la moitié du travail pour vous, répondit Kin.

— Ah bon ? fit Jack, ses lèvres tressautant. Ça m'a l'air d'un défi.

Kin sourit.

— Vous utilisez mon fusil et j'utiliserai le vôtre.

— D'accord. Sur quoi allons-nous tirer ?

Il se tourna vers la caisse où il gardait les ordures.

— Des boîtes de conserve à une centaine de mètres.

Après avoir déposé les boîtes sur un rebord rocheux, Kin rejoignit Jack, qui lui tendit son fusil d'assaut C7. Il était un peu plus léger qu'un Enfield, et Kin l'examina, s'habituant à son toucher. Pendant ce temps, Jack enleva ses gants et releva l'Enfield à son épaule.

— Vous voudriez peut-être…, commença Kin.

Le tir retentit, manquant les deux boîtes par approximativement cinq cents mètres. Kin étouffa son rire et s'éclaircit la gorge.

— Il y a apparemment plus de recul que ce dont vous avez l'habitude.

Jack renifla.

— Non, vous m'avez juste distrait lorsque vous avez parlé.

—Ah, ça doit être ça, dit Kin en se mordant les lèvres.

Ce dernier indiqua les cibles de sa main et mit son index devant ses lèvres pour mimer le silence. Il enleva ensuite ses gants et leva une main pour bloquer la lumière du soleil qui l'éblouissait.

Avec une profonde inspiration, Jack souleva le fusil et plissa les yeux. Il tira, et celui-ci au moins atteignit les pierres au-dessous des boîtes. Il jura dans sa barbe.

— OK. Apparemment, j'ai besoin de quelques conseils après tout.

— Puis-je parler maintenant ? demanda Kin, ne pouvant s'empêcher de sourire.

Jack le regarda, ses yeux se plissant d'un air rieur.

— Je suppose que je vais le permettre.

— Allongez-vous sur le ventre.

Pendant un moment, les yeux de Jack s'écarquillèrent, puis il obéit. Le sang de Kin se précipita dans ses veines alors qu'il inspirait profondément. Il se mit sur ses genoux à côté de lui.

— C'est facile d'apprendre de cette manière. Vous avez juste besoin de tenir compte d'un solide recul. Il faut vraiment relever le fusil. Voilà, comme ça.

Il se pencha vers Jack, surveillant l'alignement de l'arme. Oh, les choses qu'il voulait faire…

Kin se remit sur les talons avant de bondir sur ses pieds.

— Et voilà. Essayez maintenant.

Jack appuya sur la détente, et une des boîtes de conserve s'envola avec fracas. Souriant, il se releva à son tour.

— OK, maintenant, vous essayez avec le mien, dit Jack.

— Dois-je m'allonger ? demanda Kin.

— Euh… oui, bien sûr, répondit Jack en se léchant les lèvres.

Kin s'allongea sur son ventre dans la neige sèche et se releva sur ses coudes, posant le fusil contre son épaule. Il s'assura que les chargeurs étaient bien fixés et regarda par le viseur. Il pouvait sentir Jack derrière lui, et un moment plus tard, la main de l'autre homme se posa sur le bassin de Kin.

C'était comme si les gants de Jack et la parka et autres vêtements de Kin avaient disparu, et ce dernier imagina la main de son compagnon sur sa peau nue. Il se rappela le goût de ses doigts, et *qu'est-ce qu'il n'allait pas chez lui ?* Il se concentra sur la deuxième boîte de conserve, bloquant tout le reste.

Alors que celle-ci s'envolait dans les airs, Kin sourit.

— C'est comme tirer sur des Womp Rats,[10] dit-il.

Jack se mit à rire et tendit une main vers Kin pour l'aider à se relever.

— Imaginez qu'il y ait un T-16[11] ici ? Attention, des ours polaires impériaux !

— Je pense qu'une Aile-X[12] serait mieux. Elle équilibre rapidité et puissance de feu.

---

[10] Womp Rat : Bête carnivore se trouvant surtout au *Canyon de Beggar* sur Tatooine. **(En référence à la série Star Wars.)**

[11] Le T-16 Skyhopper est un airspeeder conçu par la Corporation Incom. Il était principalement trouvable sur Tatooine où les jeunes aimaient faire des courses de Skyhopper dans les canyons comme dans le Canyon de Beggar où Biggs Darklighter et Luke Skywalker allaient. **(En référence à la série Star Wars)**

[12] Le X-wing, ou Aile-X, est une série de chasseurs stellaires (équivalents aux avions de chasse), issue de l'univers de *Star Wars* imaginé par George Lucas. Il tire son nom de la silhouette cruciforme de ses ailes, quand elles sont déployées lors des phases d'attaques. **(En référence à la série Star Wars)**

— C'est vrai. Une Aile-X est à l'origine une meilleure version d'un T-16. Et pour un vaisseau plus grand, le Faucon Millenium[13] a une très bonne manœuvrabilité. Il ne serait pas mal ici aussi.

— Le plus rapide tas de ferraille de la galaxie, approuva Kin en souriant. Allez, mangeons. Puis vous pourrez ensuite utiliser le compas.

Il regarda autour de lui.

— Et nous devrons rester attentifs aux ours, bien entendu.

— Où est R2-D2 quand nous avons besoin de lui ? Il pourrait nous scanner les environs pour trouver des formes humaines.

— Peut-être que nous pourrions proposer ça aux FC. Je suis certain qu'ils trouveront un robot pour nous aider durant nos patrouilles, dit Kin.

Ce dernier ouvrit un sac de viande de phoque et quelques restes de banniques.

Jack se mit à rire alors qu'il prenait un morceau de pain.

— Je vais faire jouer mes relations à Ottawa. R2-D2 est définitivement une nécessité en Arctique.

---

[13] Le *Faucon Millenium* est le vaisseau spatial du contrebandier Han Solo et de son second Chewbacca. **(En référence à la série Star Wars).**

Alors qu'ils prenaient leur déjeuner et discutaient de quel personnage de *Star Wars* survivrait le mieux en Arctique (avec Chewabacca montrant le chemin grâce à sa fourrure et sa force), Kin se demanda comment diable il allait bien pouvoir passer une autre nuit dans une tente avec le Capitaine Jack Turner sans l'embrasser.

IL ÉTAIT MINUIT passé quand Kin sortit de la tente pour se soulager et surveiller les alentours. Mais les jumelles étaient pendues, inutiles, autour de son cou alors qu'il regardait le ciel. L'aurore Boréale l'émerveillait à chaque fois qu'il la voyait, même après toutes ces années. De l'horizon au paradis, le ciel était enflammé de vert, de bleu et d'un soupçon de rose.

La température avait diminué jusqu'à moins vingt-cinq degrés, mais le vent était calme pour le moment, comme si le spectacle avait jeté un sort sur tout. C'était parfaitement paisible. Il y avait de l'humidité dans l'air qui le rendit méfiant… il allait peut-être neiger. Cependant, pour le moment, la seule chose qui importait était le prodige qui emplissait le ciel.

Il se pencha et entra la tête dans la tente.

— Jack, réveillez-vous, murmura Kin en bougeant la

jambe de son compagnon.

Avec un halètement, celui-ci se redressa brusquement, tombant sur le côté dans les confins de son sac de couchage qui était remonté jusqu'à ses oreilles. Il se débattit pour libérer ses bras, et son bonnet glissa sur son front.

— Qu'est-ce qui se passe ? Un ours ?

— Non, rien de ça. Venez voir.

Avec ses mains gantées, Jack lutta contre la fermeture éclair de son sac de couchage, et après un moment, Kin enleva ses propres gants et repoussa doucement les mains de son compagnon. La glissière était bloquée au niveau du cou avec le tee-shirt thermal du Capitaine, et Kin remua un peu pour laisser entrer un peu de lumière de l'extérieur.

Jack tira sur son tee-shirt, son corps tendu. Les doigts de Kin effleurèrent sa gorge et il le sentit déglutir difficilement. Quand un souffle chaud caressa la joue du canadien, son cœur bondit.

Puis le tissu se libéra, Kin se rassit et s'enfuit de la tente. Après une minute, Jack le rejoignit, fermant sa parka et enfilant ses bottes. Son bonnet était toujours de travers, et Kin résista à l'envie de l'arranger.

— Oh, mon dieu ! s'exclama Jack en regardant le ciel.

Il fit un tour sur lui-même, la mâchoire tombante avant de s'exclamer :

— Les lumières du Nord !

— Vous avez de la chance… Elles sont un peu en avance. J'ai pensé que vous voudriez les voir.

— Absolument, déclara Jack en souriant, son regard fixant toujours le ciel. Merci.

Ses yeux se plissèrent, les lignes fines se déployant, et les couleurs vives baignant sa peau pâle. Ses dents étaient blanches et bien droites, et son visage s'illuminait pratiquement.

Le sexe de Kin durcit alors que le désir l'envahissait comme le thé chaud qu'ils avaient bu un peu plus tôt. L'expression de Jack était douce, avec un émerveillement enfantin, tandis qu'ils contemplaient les couleurs qui flambaient au-dessus d'eux. Bien qu'il sache qu'il devrait se détourner, Kin ne le pouvait pas.

— C'est tellement beau, murmura Jack.

— Oui, convint Kin.

Tandis que l'autre homme regardait la danse des Lumières du Nord, le regard de Kin resta fixé à deux mètres du sol.

Chapitre Quatre

POURQUOI FAISAIT-IL SI FROID ?

Le vent hurlait, soufflant du sable dans les yeux et la bouche de Jack à travers les vitres ouvertes, et il cracha en vain. Mais l'air était glacé, même avec le soleil tapant sans merci, envoyant des miroitements de chaleur du tarmac noir fissuré. Ils cahotèrent sur un cratère, les pneus crissant alors que le Caporal qui se trouvait derrière le volant naviguait sur la route dangereuse. Jack tendit une main vers le bouton A/C afin d'augmenter la chaleur, mais cela n'arrêta pas le froid. Il ne put fermer les vitres non plus.

Ils roulèrent sur une crête, et le terrain familier et effrayant apparut, la longue vallée s'étendant devant eux. Jack frissonna, son corps tremblant alors qu'il s'étranglait avec le sable qui tourbillonnait à présent dans le véhicule. Mais il faisait tellement froid, et la voix de Grant était bien claire dans son oreille.

— C'est un gosse, là-bas ?

Haletant, Jack ouvrit les yeux. Il resta tendu, clignant des paupières à travers l'obscurité, son cœur battant furieusement. *Mais qu'est-ce que… ?* Il essaya de bouger, mais il était piégé et quelque chose le retenait. Était-il attaché ? Seigneur, des rats des sables l'avaient peut-être attrapé ? Il pouvait à peine bouger ses bras, il faisait si froid et il était totalement aveugle. Il ne put s'empêcher de pousser un faible gémissement pathétique, et il lutta contre ses liens en vain.

Il y eut un mouvement quelque part, et quelqu'un toucha son épaule.

— Laissez-moi tranquille !

Dans l'obscurité, il y eut une voix douce.

— Jack, tout va bien.

Sa respiration était rapide, et alors que la lumière emplissait l'espace, il put voir des nuages de son souffle dans l'air glacé. Carsen s'agenouilla devant lui, se mettant sur les talons après avoir allumé la lanterne qui était accrochée au-dessus de la tente. Son sac de couchage était mis de côté dans un tas, et il portait son sweatshirt rouge et un pantalon d'uniforme avec des chaussons faits en peau. Il prit la fourrure blanche et s'entoura avec.

— C'est moi. Kin. Vous n'êtes pas dans le… Vous êtes en Arctique, vous vous rappelez ?

— Kin ? murmura Jack, la voix rauque, et la gorge sèche. Merde !

Kin fouilla dans son sac de couchage et prit la bouteille d'eau.

— Tenez.

Les doigts de Jack étaient engourdis, et il eut du mal pour faire descendre à nouveau la glissière avec ses gants, mais il y réussit finalement. Se mettant en position assise, il prit la bouteille de ses deux mains pour ne pas la laisser tomber, et but avec gratitude.

— Désolé à propos de ça, s'excusa-t-il en frissonnant.

Kin l'observa.

— Pas de souci, dit-il en jetant un œil autour de lui alors que le vent sifflait bruyamment. Finissez l'eau. Je vais faire fondre un peu de glaces.

Il rampa jusqu'à la porte de la tente.

Le pouls de Jack battit rapidement, et il s'efforça de respirer calmement avant de boire quelques gorgées d'eau. Il se souvint qu'il avait sa propre bouteille dans son sac de couchage, mais il avait fini celle de Kin de toute façon. Il ferma les yeux.

— Merde.

— Quoi ? demande Jack, tendu.

Il rampa à son tour vers la porte de la tente, mais ne put voir que la fourrure de l'ours polaire que Kin avait sur les épaules alors que celui-ci bloquait l'entrée.

— Un blizzard.

Ça expliquait le vent violent. S'entourant étroitement de son sac de couchage, Jack rampa et regarda par-dessus l'épaule de Kin. Il avait une impression de mouvement, et pouvait sentir la neige lui fouetter le visage.

— Je n'y vois rien.

Avec des mouvements rapides, Kin ferma l'entrée extérieure et intérieure de la tente.

— C'est le problème. Ça passera peut-être au lever du soleil.

— Et si ce n'est pas le cas ?

Kin haussa les épaules.

— Alors, nous attendrons, dit-il, puis il vérifia sa montre. Il est presque sept heures. Je vais préparer le petit déjeuner.

— D'accord. Je… merci.

Jack leva la bouteille et ajouta sans conviction :

— Pour l'eau.

Hochant la tête, Kin se mit au travail. Jack le regarda allumer le réchaud, frissonnant. La tente trembla alors qu'une rafale de vent hurlait.

— N'avez-vous pas froid avec votre combinaison de camouflage ?

Les sourcils de Kin se froncèrent.

— Ma quoi ?

— C'est ce qu'on appelle le DcamC,[14] expliqua Jack en pointant le doigt vers son pantalon militaire. Portez-vous quelque chose en dessous ?

Dès que les mots sortirent de sa bouche, il grimaça.

— Je veux dire… c'est juste que j'ai froid dans le mien. Les caleçons longs ne semblent pas faire grand-chose ici. Les gants non plus.

Il se frotta les mains l'une contre l'autre.

— J'ai l'impression d'avoir plus froid que la première nuit.

— C'est parce que c'est le cas, maintenant.

Kin fut devant lui à nouveau, et il lui retirait ses gants.

— J'ai pensé que vos mains étaient froides la nuit dernière parce que vous ne les portiez pas. L'armée devrait vous donner une combinaison appropriée contre le froid. Ces gants sont nuls.

— C'est des Thinsulate. Ils sont supposés…

Il oublia ce qu'il allait dire quand Kin prit ses mains dans les siennes. Seigneur, allait-il sucer les doigts de Jack

---

[14] Le **dessin de camouflage canadien** (DcamC, en anglais : *Canadian Disruptive Pattern*, CADPAT) est un motif de camouflage militaire utilisé par les Forces canadiennes. Généré par ordinateur, il est notamment censé limiter sa détection par des jumelles de vision nocturne.

à nouveau ? Là, en pleine lumière ? Jack savait qu'il devait l'arrêter, mais parler le dépassait.

— Je peux vous prêter mes moufles en peau d'ours supplémentaires. C'est mieux de porter de simples gants en coton en dessous. Ça réchauffe mieux que n'importe quoi d'autre. Mais les vôtres feront l'affaire tant que vous porterez les moufles au-dessus, dit Kin, puis il commença à les frictionner.

Les mains de Jack devinrent bientôt délicieusement réchauffées, et une pensée étrange lui traversa l'esprit, que si Kin continuait, elles s'enflammeraient, comme les morceaux de bois qu'on frottait l'un contre l'autre. Quand Jack releva les yeux, son pouls se fit rapide. Kin le fixait d'un regard intense.

— Vous avez l'air d'un chien, lâcha Jack.

Le mouvement des mains de Kin s'interrompit et ses sourcils se haussèrent.

Jack sentit sa langue devenir lourde.

— Non, je veux dire… vos yeux. Ils me rappellent ceux d'un Husky. Mon Dieu, je suis désolé. Mon cerveau déraille. J'ai l'impression que je dors encore.

— Vous n'avez pas l'habitude de ces températures. On appelle ça « le froid qui rend stupide ». Cela arrive, dit Kin en recommençant à le frictionner. Eh oui, mon grand-père m'appelait Qimmiq. C'est notre mot pour chien. Il le disait d'une manière affectueuse, bien entendu.

— Que signifie votre nom ? Kin…

— Kinguyakkii. Cela veut dire Lumières du Nord. Puisque mon nom de famille est écossais, ma mère voulait me donner un prénom Inuktitut.

— C'est adorable.

Le brouillard qui entourait la tête de Jack commença à se dissiper. Les mains rugueuses de Kin étaient chaudes contre les siennes. Il avait de longs doigts, et une nouvelle chaleur inonda son ventre, Jack se demanda à nouveau ce qu'il ressentirait si elles…

Jack lâcha brusquement ses mains.

— Ça boue, dit-il en indiquant de la tête le réchaud, où la petite casserole remplie de glace mitonnait, emplissant la tente d'une chaleur délicieuse.

Kin le regarda pendant un moment avant de se diriger vers le réchaud, et Jack se réprimanda d'être excité de recevoir des premiers soins par un subordonné. *Cela ne t'a pas arrêté auparavant.*

Il chercha quelque chose à dire.

— Les Inuits ne donnent habituellement pas de noms de famille, non ?

— Non, répondit Kin.

Il ouvrit une boîte qui semblait contenir de la farine,

la mélangeant avec un peu d'eau dans la poêle.

— Le gouvernement utilisait des chiffres au début. Les missionnaires avaient déjà changé plusieurs prénoms. Ma mère est Lutaaq. C'est son ancien prénom, mais les missionnaires l'appelaient Ruth. Le gouvernement lui a donné un nombre : E7119. Le « e » veut dire « Est ». Nous étions soit Est ou West.

— Je ne peux imaginer qu'on m'enlève mon identité, dit Jack.

Kin secoua la mixture dans la poêle.

— Moi non plus, renchérit Kin. À la fin des années soixante, un Inuk est allé chez chaque famille inuit vivant dans le Nord et leur a demandé de choisir un nom. Ils choisissent habituellement le nom d'un membre d'une famille respectée ou d'un ami. C'est pourquoi nos prénoms et noms de famille sont remplaçables. Et certaines personnes ont encore des noms anglais.

L'odeur des banniques emplit les narines de Jack, et il inspira profondément.

— Est-ce toujours dû à l'influence des missionnaires ?

Kin hocha la tête.

— La télévision aussi. Un mélange de deux mondes, dit-il en versant du thé chaud dans des mugs. Comme moi.

— Cela a-t-il posé un problème ici ? demanda Jack en le remerciant d'un hochement de tête et en entourant ses mains autour de la tasse chaude avec reconnaissance.

Après un long moment, Kin répondit :

— Oui et non. Il y a beaucoup de blancs à Nuvavut, et personne ne s'est soucié que je le sois à moitié. Mais mon père est parti quand j'étais très jeune, et je suppose que j'ai senti que quelque chose manquait. C'est pour ça que je mourrais d'envie de partir pour l'université.

— Vous êtes allé à l'Université d'Alberta ?

Kin hocha la tête.

— Votre père est-il retourné à Edmonton ?

— Il travaille dans une exploitation minière en Amérique du Sud. Il ne reste jamais longtemps dans le même endroit.

— Et quand vous êtes allé à l'université, avez-vous trouvé ce qui vous manquait ? demanda encore Jack.

Le sourire de Kin était nerveux et bref quand il répondit.

— Non. J'ai réalisé qu'il y avait une grande partie de moi qui était enracinée ici. Je ne suis pas fait pour une vie nomade comme mon père. Ma famille est ici. C'est ma maison.

Jack voulait demander à propos du frère de Kin, mais tint sa langue. Il risquait de dire une bêtise. Au lieu de cela, il écouta le sifflement du vent glacé. Il devait souffler à cinquante kilomètres heures au moins.

— Combien de temps pensez-vous que cela va durer ?

— Impossible de le savoir. Nous devons juste attendre et voir, répondit Kin.

Ce dernier se pencha et fouilla dans son sac, tirant un jeu de cartes. Il les montra en haussant un sourcil.

— D'accord. C'est quoi votre jeu ?

— Déshabiller Jack.

Celui-ci toussa et s'étrangla sur sa gorgée de thé. Il était partagé entre l'incrédulité et le désir.

— Il fait peut-être un peu froid pour ça, répondit Jack, en décidant de prendre un ton léger.

Kin secouait la tête, la mortification rougissant son visage.

— C'est un jeu que mon père m'a appris. Je pense que c'est aussi appelé Chacun Pour Soi ?

Ne sachant pas s'il devait être déçu ou non, Jack sourit.

— Je pense que mon cerveau est suffisamment dégelé pour supporter ça. Le réchaud fait vraiment une différence, pas vrai ?

— Oui, dit Kin en lui adressant un sourire étrange avant de baisser la tête.

Il y avait quelque chose dans ses yeux. Était-ce un désir identique ? Jack avait pensé que Kin était hétéro, mais l'air était soudain électrique… changé. Peut-être que c'était juste la tempête, ou des particules chargées des lumières du nord qui persistaient en quelque sorte. Pourtant, quand Kin coupa un morceau de bannique, Jack mélangea les cartes et se demanda à quelle sorte de jeu ils jouaient vraiment.

— C'est toujours SIETM ?

Kin ricana.

— Je vais supposer que cela veut dire quelque chose de négatif. Dans ce cas, oui, répondit-il.

Il s'écarta de l'entrée de la tente.

L'air glacé envoya une onde de choc à travers le corps de Jack alors qu'il rampait pour voir. Le monde était une ardoise blanche. Quelque part au-dessus d'eux, le soleil s'était levé, mais quand il tendit le bras, sa moufle en fourrure disparut complètement dans la neige. Il zippa rapidement les deux toiles et rejoignit Kin à côté du réchaud. Ils s'assirent côte à côte sur les couches de peaux et s'enveloppèrent de fourrures, leurs toques tirées sur leurs oreilles.

— Il doit faire combien dehors ? Moins quarante degrés avec ce vent glacial ?

— À peu près.

— Je suppose que nous sommes coincés.

— Ou SIETM, comme vous le diriez.

Jack se mit à rire.

— Désolé, je ne réalise pas que je parle souvent en acronymes jusqu'à ce que je parle avec des civils. Ça veut dire : Situation inchangée, et toujours merdique.

Il repensa à ce qu'il venait de dire et ajouta rapidement :

— Non que vous soyez un civil.

Kin haussa une épaule.

— Être un réserviste n'est pas la même chose que le service. Je sais ça.

— C'est aussi important. Vous protégez notre souveraineté en Arctique, affirma Jack.

Il enleva sa moufle et ses gants avant d'envelopper ses mains autour du mug en métal chaud. Il devrait aller se soulager très bientôt s'il continuait à boire.

— Désolé, On croirait entendre une brochure. Alors, dites-moi, qu'aimez-vous le plus dans votre métier de Ranger ?

— Vous voulez vraiment entendre ça ? demanda Kin.

— Oui, répondit Jack.

Ce dernier aimait écouter Kin parler. Il y avait quelque chose d'apaisant dans le faible grondement de sa voix.

— Mais si vous ne voulez pas en parler…, poursuivit-il.

— Non, je veux en parler, dit Kin en souriant doucement. J'aime être un Ranger. C'est l'un des meilleurs choix que j'ai jamais faits.

Jack sourit en retour.

— Avez-vous déjà aperçu un sous-marin suspect ?

— Non, répondit Kin en riant. Mon cousin qui travaille à Pond Inlet en a aperçu il y a de cela deux ans. Il l'a reporté tout de suite, et ils ont envoyé un avion pour le pister. J'ai trouvé un satellite écrasé une fois. Du chinois écrit dessus. Ottawa a envoyé quelqu'un pour le récupérer. La plupart du temps, nous ne voyons rien de suspect. Ce qui est une bonne chose, je suppose. Mon frère…

Il s'interrompit en détournant les yeux et devint tendu.

Pendant quelques moments, Jack ne dit pas un mot. Mais ils allaient être coincés ici pour Dieu savait combien de temps, et la curiosité le gagna. De la curiosité et un indéniable besoin d'en savoir plus sur ce qui avait causé à Kin une peine aussi manifeste. Une peine que Jack voulait atténuer.

— Était-il plus âgé que vous ou plus jeune ? demanda-t-il enfin.

Kin fut silencieux pendant si longtemps que Jack allait changer de sujet et demander la première chose qui lui traverserait l'esprit… les avantages des tentes par rapport aux iglous.

— Plus jeune, répondit Kin en prenant une gorgée de thé, ses yeux fixés sur sa tasse. De huit ans. Nous avions des pères différents. Le sien était resté et s'était marié avec notre mère. Ils sont toujours mariés maintenant. C'est un homme bien. Il m'a toujours traité comme son fils.

Jack regarda le profil de son vis-à-vis. Ses cils ombraient ses joues tandis qu'il rivait son regard sur son mug.

— Quand mon frère est né, il a hurlé si fort qu'ils l'ont appelé Maguyuk. Hurleur.

Kin sourit tendrement.

— Il s'attirait toujours des ennuis comme tous les petits frères le faisaient, poursuivit-il.

— Je sais que ma grande sœur aurait des histoires à raconter, dit Jack en souriant timidement.

— Il avait toujours été un aventurier. Il aimait le programme des Cadets de l'Armée, et il avait hâte de rejoindre les Rangers quand il aurait eu dix-huit ans. Il n'avait pas du tout l'intention d'aller aux États-Unis comme moi. C'était un grand chasseur. Il restait à l'écart de l'alcool et de toutes les conneries auxquelles les ados devenaient accros. Il préférait toujours être sur le terrain que de jouer aux jeux vidéo et à se défoncer en sniffant, déclara Kin, puis il fut silencieux pendant un moment, le regard distant avant de continuer. Moi, je rêvais d'aller à l'université. Je voulais vivre en ville et apprendre à connaître mon père. J'étais impatient d'y aller.

Le vent hurla et Jack frissonna. Il attendit que Kin continue, une sensation de crainte lui nouant l'estomac.

— Savez-vous comment les gens meurent dans une crevasse ?

Jack cilla.

— Je… eh bien, ils tombent, répondit-il.

Le regard de Kin était distrait.

— Oui, parfois, les gens meurent de la chute elle-même. Ça dépend de la profondeur de la crevasse. D'autres gens survivent à la chute, mais meurent de froid. Mais il y a un autre moyen.

Jack réalisa qu'il retenait son souffle. Son thé était devenu tiède, et il renfila ses gants et ses moufles empruntées. Puis il attendit.

— Une crevasse est plus large au sommet. Elle est

plus étroite en bas.

Kin enleva ses gants en fourrure et tint ses mains en V, les pressant ensemble.

— Une personne se retrouve coincée au fond, continua-t-il. Sa jambe passe, mais ensuite, le reste de son corps est trop large. Alors, elle reste coincée.

Les poils du cou de Jack se redressèrent.

— Coincée, répéta celui-ci, en frissonnant.

Kin remit ses gants et ramena ses genoux à sa poitrine.

— Avec chaque inspiration et expiration, elle commence à glisser. Petit à petit, chaque souffle broie ses poumons un peu plus. Finalement, elle ne peut plus respirer.

Bien que Jack ait vu des moyens vraiment horribles de mourir dans le désert, la pensée de suffoquer lentement dans une fosse glacée fit remonter de la bile dans sa gorge.

— Mon Dieu, je suis désolé.

Il voulait attirer Kin dans ses bras, mais il ne le fit pas.

— Maguyuk avait dix-sept ans. Il n'a jamais reçu son sweatshirt de Ranger. Ils ont essayé de le sauver... ses amis. Mais ils sont arrivés trop tard.

Kin haleta.

— Si j'avais été là…

— Ce n'était pas votre faute, murmura Jack.

Il savait que ces mots étaient vides, mais il n'en avait pas d'autres. Des souvenirs de la route du désert envahirent son esprit, et ses cicatrices le démangèrent violemment. Il dénuda sa main droite et se gratta la nuque et l'épaule, mourant d'envie d'atteindre la partie inférieure de son dos.

— J'aurais pu le sauver. Ou du moins… j'aurais été présent. Pas à deux mille kilomètres de là.

— Être là n'est pas forcément mieux, dit Jack, calmement.

Kin le regardait maintenant, ses yeux pâles résolus et douloureux.

— Peut-être pas, mais je ne le saurais jamais, déclara-t-il.

Jack posa enfin une main sur l'épaule de Kin à travers les couches de vêtements. L'instant s'étendit, et Jack n'avait pas eu une envie aussi forte d'embrasser quelqu'un depuis longtemps. Il voulait chasser la tristesse de Kin d'un baiser et le faire sourire à nouveau. Son regard se fixa sur la bouche du canadien. Ses lèvres étaient pleines et légèrement gercées au coin. Seulement quelques centimètres les séparaient, et il n'aurait qu'à se pencher pour goûter…

Kin bondit sur ses pieds et se dirigea vers l'autre côté de la tente. Laissant tomber sa fourrure, il fouilla dans son sac.

— Je devrais appeler Donald et l'informer que nous sommes coincés, dit-il.

— Euh…, fit Jack.

Ce dernier se concentra sur sa respiration et essaya de garder un ton léger. L'air était lourd d'une nouvelle tension qui s'était abattue sur eux aussi vite qu'un blizzard. Il s'éclaircit gauchement la gorge et demanda :

— Vous avez une radio à ondes courtes, pas vrai ?

Kin ne le regarda pas quand il répondit.

— Oui, mais je prends mon propre téléphone satellitaire. La radio peut être défectueuse.

Il appela, et une seconde plus tard, il parlait en Inuktitut, probablement à Donald. Jack se sentit comme un idiot à être assis là. Il devait se soulager et peut-être que le climat glacial pourrait ainsi lui cingler un peu de bon sens. Il mit sa parka, et ouvrait la toile de la tente quand Kin l'agrippa par le bras.

— Que faites-vous ?

— Je veux juste aller pisser.

Kin dit quelque chose en Inuktitut au téléphone puis l'éteignit.

— Vous ne pouvez pas sortir seul.

Une irritation déraisonnable inonda Jack.

— Je pense que je suis capable d'aller faire mes besoins moi-même, siffla-t-il. Je le fais depuis que j'ai trois ans.

Il libéra son bras, l'envie d'embrasser Kin se faisant pressante en lui comme une locomotive à vapeur à toute vitesse. Il avait besoin d'une minute à lui pour qu'il reprenne le contrôle de son esprit… et de son membre.

— Vous pourriez être désorienté en deux pas. Il n'en faut pas plus, l'avertit Kin en l'attirant à l'intérieur de la tente par le bras. Vous n'allez pas vous perdre sous ma garde.

La partie contradictoire de Jack voulait se précipiter dehors quand même, mais apparemment, Kin avait raison.

— Alors, comment vais-je faire ?

Kin fouilla dans une boîte en métal et en sortit une bouteille de deux litres.

— Notre propre latrine portable.

Jack prit la bouteille, ayant peur de demander comment on s'y prenait. Il se traça un chemin à travers ses couches de vêtements et se soulagea dans la bouteille, sur ses genoux et en se tournant vers le coin, le bruit de son urine retentissant fortement dans la tente. Il se releva difficilement et étira ses pieds. La tente devenait de plus en plus petite avec chaque heure qui passait.

— Donald vous a-t-il dit quand le temps s'éclaircira ?

— Demain, il pense. Ce n'est pas aussi violent là-haut. Tout ce que nous pouvons faire, c'est attendre.

— Super, marmonna Jack. Cette mission était une énorme connerie depuis le début.

— Ce n'est pas comme si je m'amuse comme un fou en étant coincé ici avec vous ! s'exclama sèchement Kin.

Jack zippa son vêtement et ferma la bouteille en plastique. Se tournant, il vit Kin éteindre le réchaud.

— Il fait trop froid ici sans ça !

— Nous ne savons pas combien de temps nous allons rester ici. Nous devons économiser le carburant. Emmitouflez-vous, déclara Kin en prenant la bouteille d'urine et en allant dans le coin, à son tour.

Le fait que Kin ait encore raison ne fit qu'augmenter l'irritation de Jack. Il renâcla tout en s'asseyant, les jambes croisées sur son sac de couchage. Ses nefs étaient à vif, pas seulement à cause du froid… mais de l'incendie tenace qui enflammait son ventre. Le fait d'avoir juste touché son membre pour pisser l'avait fait durcir et il était à bout. S'il avait été seul, il se serait masturbé violemment et rapidement.

— Pourquoi diable quelqu'un vivrait-il ici ? marmonna-t-il.

— Si vous ne voulez pas être là, pourquoi êtes-vous venu ? demanda Kin, le regard glacial alors qu'il se tournait.

Il était à genoux à quelques pas de Jack, la mâchoire serrée tandis qu'il zippait son pantalon de camouflage.

— Je ne veux être nulle part ! hurla Jack, les mots emplissant l'air.

Quelque chose en lui craqua, fragile et cassé.

Je ne veux être nulle part.

Cillant, Kin s'assit sur ses talons.

La fissure s'élargit, et Jack haleta, les mots sortant, tranchant sa langue.

— Durant les années que j'ai passées en Afghanistan, j'avais envie d'être n'importe où ailleurs. Et maintenant, c'est fini et puis quoi ? Nous avons gagné ? Nous avons perdu ? Quel en était le but ? Qu'est-ce qui a changé ? Pourquoi diable avons-nous perdu notre temps ?

Kin le fixait silencieusement.

Jack voulait les arrêter, mais les paroles n'en firent qu'à leurs têtes.

— J'ai passé un mois à l'hôpital avant que je ne revienne à la maison, et quand je l'ai fait, rien n'était plus pareil. Ça l'était, mais ça ne l'était pas. Mes parents vivent toujours dans la même maison à Kanata, mais à la place des champs de maïs, il y a une autre subdivision.

Bill et Carol jouent toujours au rami chaque jeudi soir avec les voisins d'en bas de la rue, mais les Johnson ont déménagé vers l'Ouest, il y a quelques années.

Jack se frotta le visage avec ses moufles en fourrures. Il devait arrêter ses divagations, mais il ne le pouvait pas.

— Ma famille me disait toujours à quel point ils étaient heureux de m'avoir à la maison. Mon ancienne chambre est une chambre d'ami maintenant, mais je restais là à regarder le même plafond comme je le faisais quand j'étais un gamin idiot en train de me demander pourquoi je n'aimais pas les filles comme mes amis. C'était tout ce que je pouvais faire. Rester allongé là et me demander pourquoi diable j'étais toujours vivant et qu'il ne l'était pas.

Jack frissonna, luttant pour respirer alors qu'il était bombardé de flashs de Grant… *sourire, rire, baisers, soupir résigné.*

Kin attendait toujours qu'il termine, les yeux emplis de tristesse.

— Ce n'était pas mieux quand je me suis rendu à mon appartement à Ottawa. Mes amis étaient tous contents de me voir à la maison, et chaque week-end, ils voulaient sortir pour boire un verre et dîner dehors. J'y suis allé quelques fois avant de commencer à trouver des excuses. C'était plus facile de rester à la maison avec

Neville. Les chiens ne vous demandent rien.

Il se mit à rire amèrement avant de poursuivre.

— Grant était allergique aux chiens. Il voulait qu'on achète une maison ensemble quand notre service serait enfin terminé, et j'utilisais Neville comme excuse dès que je le pouvais. Sympa, hein ?

Kin ouvrit la bouche, mais la referma rapidement sans rien dire.

Jack réalisa qu'il tremblait, et s'entoura de ses bras.

— La hiérarchie m'a donné un travail de bureau, et j'ai pensé que ce serait un bon changement après le bac à sable. Mais j'ai détesté chaque minute. Je ne suis pas bon à ça. Ils le savent et je le sais. Le Colonel m'a envoyé ici pour me donner une autre chance. Il n'aurait pas dû se déranger. Rien ne marche ! Tout est foutu ! Je *suis* foutu !

Le vent siffla comme en accord avec lui, et la tente trembla. Jack ferma les yeux quand il vit le regard compatissant de Kin. *Je suis pathétique. Ai-je dit ça à haute voix ? Merde. Putain de merde.* Il s'agenouilla rapidement.

— Je dois sortir d'ici ! J'ai besoin d'air. J'ai besoin…

Ses yeux s'ouvrirent brusquement alors que les bras de Kin l'enveloppaient. Raide, le souffle coupé dans ses poumons, Jack ne bougea pas. À travers leurs couches de vêtements, Kin le tint, ses bras forts et sûrs. Jack inspira profondément, pressant son visage dans le cou de son compagnon. C'était chaud et rugueux d'une barbe de trois jours, et il agrippa la taille de l'autre homme, haletant difficilement.

Pendant un long moment, Kin le serra contre lui et murmura quelque chose en Inuktitut. Le pouls de Jack ralentit tandis qu'il écoutait la voix rauque et rythmique de Kin. Ils avaient éteint la lampe puisque le soleil s'était levé, mais avec la tempête de neige, la tente était légèrement sombre. Il ferma les yeux.

Coincé dans la toundra aride, à des milliers de kilomètres de tout, sauf de la glace mortelle et des ours polaires, il se sentait *en sécurité*.

Kin devait avoir enlevé ses gants, parce que Jack sentit ses longs doigts sur sa tête, s'enfouissant sous sa toque et frottant ses cheveux courts. Jack enleva son bonnet, avide de plus de contact, se penchant vers le toucher de Kin comme Neville le faisait quand il voulait des caresses. *Arrête avant que ça n'aille plus loin. Il essaie seulement d'être gentil. Il ne veut pas de ça. Il ne veut pas de toi.*

Chaque fibre de son être lui criait de ne pas bouger, mais Jack s'éloigna de lui. Il était un Capitaine de l'armée… il ne pouvait pas dépasser les limites avec un subordonné. Il croisa le regard de Kin, et le désir le foudroya quand il vit les pupilles dilatées de celui-ci.

— Je veux te toucher, dit Kin. Si tu…

Jack se jeta sur la bouche de Kin, avalant le reste de ses mots avec un gémissement alors que leurs lèvres se rencontraient et s'ouvraient, leurs langues se cherchant déjà, et s'explorant. Kin avait le goût du thé ainsi que la saveur métallique de la viande de phoque qu'ils avaient mangée, il y a quelques heures. Jack s'en délecta, son cœur battant la chamade alors qu'il caressait la langue de Kin de la sienne.

Les barbes de leurs joues se frottaient l'une contre l'autre, et Jack arracha ses moufles et la toque de Kin afin qu'il puisse enrouler ses doigts dans les cheveux cours et épais de ce dernier.

Ils portaient bien trop de vêtements, et Jack tira et lutta pour toucher sa peau nue. Il grogna alors qu'il trouvait un autre vêtement. Kin rompit leur baiser, éclatant de rire. Ses yeux étaient intenses, et il prit le visage de Jack dans ses mains pour l'embrasser à nouveau, profondément.

Puis il murmura contre les lèvres de Jack :

— Le meilleur moyen pour se réchauffer est d'être peau contre peau.

Jack voulait dire quelque chose d'intelligent, mais tout ce qu'il put trouver, ce fut :

— *Oui*, murmura-t-il en léchant la lèvre inférieure de Kin.

Enlever leurs vêtements prit un long moment frustrant, et quand Jack arriva à son dernier tee-shirt thermal, il hésita. Ses doigts saisirent son ourlet, et il ne bougea pas. La lumière était assez tamisée pour que Kin ne puisse pas le voir, mais son cœur bondit. Il était nu de la taille aux pieds, et il fallait juste qu'il arrache le tee-shirt et se mette sous les draps.

Kin était nu, et il refermait leurs sacs de couchage ensemble et *bon sang !* Jack oublia ses cicatrices et tout le reste alors qu'il admirait son corps magnifique. Sous son uniforme de Ranger, il était mince et musclé, et un chemin de poils sombres commençait de son nombril et allait jusqu'à sa queue épaisse et non circoncise. C'était difficile, et la bouche de Jack salivait à la pensée de la goûter, et de la sentir devenir dure entre ses lèvres.

— Jack ?

Clignant des yeux, il réalisa que Kin fronçait les sourcils en le regardant. Surtout parce que Jack portait toujours sa chemise, et en serrait l'ourlet si étroitement que le tissu s'était arraché. Il rougit profondément à la pensée que Kin voie à quel point il était laid quand l'autre homme était magnifique.

— Je...

Autant cracher le morceau.

— J'ai des cicatrices. Ce n'est rien, dit Jack.

Avec une profonde inspiration, il enleva le tee-shirt et s'enfouit sous leur sac de couchage joint à côté de Kin.

Ensuite, ils furent nus, les peaux et fourrures sous leurs corps, doux contre la tête de Jack. Les marques qui se trouvaient sur son dos étaient dissimulées, et il se détendit assez pour savourer la bouche de Kin à nouveau, ce dernier se retrouvant au-dessus de lui.

L'air était humide dans leur cocon alors qu'ils s'embrassaient et se frottaient l'un contre l'autre. Jack avait commencé à devenir dur au moment où leurs bouches s'étaient retrouvées l'une contre l'autre, et à présent, il était rigide tandis qu'une vague de feu l'envahissait à chaque fois que son sexe se frottait contre la peau chaude de Kin. Après avoir eu si froid, le corps de Jack était à présent devenu fiévreux.

Il retint un gémissement alors que Kin penchait la tête et léchait ses tétons. Aucun d'eux n'avait beaucoup de poils sur leurs torses, et Jack fit courir ses mains sur la peau douce de son compagnon, le touchant partout tandis qu'il ondulait ses hanches contre celles de Kin.

Celui-ci grogna.

— Bon, marmonna-t-il. Si bon.

Leurs halètements étaient bruyants, et Jack ne reconnut pas ses propres cris. Son sexe était humide, et il avait besoin de soulagement. Entourant la hanche de Kin de sa jambe, il s'arqua contre lui.

— S'il te plaît, gémit-il.

Tandis que Kin léchait sa paume et enveloppait le sexe de Jack dans sa main, celui-ci pensa un instant qu'il allait se déverser. Ses orteils se recroquevillaient, ses muscles se tendant. Il embrassa Kin d'une manière désordonnée. Leurs souffles emplissaient ses oreilles dans le cocon de leurs sacs de couchage et de fourrures. Kin se trouvait au-dessus de lui, se tenant sur un coude alors qu'il caressait Jack d'une main ferme, son pouce glissant sur sa fente.

— Tu es circoncis, murmura Kin. Je me le demandais. J'aime ça.

Jack regarda les yeux gris de son compagnon dans la lumière tamisée, haletant et ondulant des hanches. Le vent, la tempête et le reste du monde avaient disparu, et ça, c'était tout… le contact de la main de Kin et la chaleur de son souffle alors qu'il murmurait des paroles encourageantes.

Avec un halètement, Jack se déversa en de longs jets. Il ouvrit la bouche, tremblant à chaque pulsation, la jouissance si intense qu'il vit des couleurs bouger devant ses yeux, de la même manière que lorsqu'elles illuminaient le ciel de l'Arctique.

Chapitre Cinq

KIN GLISSA SA langue sur l'estomac de Jack et sur son torse, savourant le goût musqué tandis qu'il léchait son sperme. Il n'y avait ni vêtement ni rien qui l'empêchaient d'atteindre son but, et cela faisait si longtemps qu'il n'avait pas goûté le piquant du sexe. Jack tremblait toujours des répliques de son orgasme tandis que Kin le caressait paresseusement. Il s'attendait à se réveiller à tout moment, mais non… c'était réel.

Le Capitaine Jack Turner et lui avaient couché ensemble.

Sa queue était douloureuse, et il la frotta contre la hanche de Jack tandis qu'il léchait ses doigts où quelques gouttes de sperme avaient coulé. Le souffle de son amant chatouillait son front, et Kin leva la tête pour trouver Jack le fixant de ses yeux sombres, ses lèvres entrouvertes.

— Tu as besoin de… tu…

Kin enroula sa langue lentement autour de l'index de Jack.

— Quoi ? le taquina-t-il, souriant face au manque de cohérence de Jack.

— Tu as besoin de jouir, souligna ce dernier en le tirant à lui.

À cela, Kin ne put que hocher la tête, parce que *oui*. Il se releva un peu pour embrasser Jack profondément, leurs langues se caressant alors que Kin se frottait contre lui. Il s'attendait à ce que Jack le masturbe, mais celui-ci le tirait toujours vers le haut.

— Dans ma bouche, murmura-t-il, l'ordre transparaissant dans sa voix haletante.

Alors que ses boules se contractaient, Kin avait peur qu'il ne dure pas assez longtemps pour en venir là. La pensée de Jack suçant sa langue – et l'entendre dire les mots – fit chantonner son corps et son sexe devint encore plus rigide. Il était désespéré et avide, ses mouvements maladroits tandis qu'il se relevait encore plus pour diriger sa queue vers la bouche de Jack.

Le sac de couchage glissa sur ses épaules alors qu'il chevauchait sa tête avec ses genoux, mais il sentit à peine le changement de température. Jack était enthousiaste, ouvrant sa bouche largement alors que le sexe de Kin franchissait ses lèvres. La chaleur humide qui l'enveloppa le fit crier, et il s'appuya sur une main au-dessus la tête de Jack, l'autre s'enfouissant dans les cheveux de son compagnon alors qu'il baisait sa bouche.

Pendant des années, il avait été seul, et il avait oublié en fait à quel point c'était bon d'avoir les lèvres d'un autre homme sur lui. Les grognements de Kin emplirent la tente, accompagnés de succions humides alors que Jack le prenait profondément dans sa bouche, ses lèvres minces étirées et de la salive coulant sur son menton.

Kin s'assura de ne pas l'étouffer, allant profondément avant de reculer et de s'enfouir à nouveau. Les petits ongles de Jack s'enfoncèrent dans ses cuisses et ses hanches, les narines frémissantes. De l'électricité traversa Kin, la juxtaposition de la chaleur sur sa queue et du froid sur sa peau nue augmentant les sensations et ce qui rendait tout autant plus réel. Plus intense. C'était si bon, et il voulait rester ainsi pour toujours.

Cependant, il ne fallut pas longtemps avant qu'il ne se tende, ses hanches remuant maladroitement.

— Je vais…

Jack ne le repoussa pas, et il avala chaque jet alors que le plaisir brûlait Kin, s'étendant de sa queue et de ses boules jusqu'à la pointe de ses doigts et de ses orteils. Haletant, il se vida jusqu'à ce qu'il soit flasque. Il sortit de la bouche de Jack et se tortilla pour être au même niveau que son compagnon, tirant le sac de couchage étroitement par-dessus leurs têtes.

Il s'étala à moitié sur Jack, leurs jambes s'entremêlant. La bouche de celui-ci était luisante de salive, ses lèvres rouges et débauchées. Kin fit courir son pouce sur la lèvre inférieure et l'embrassa doucement, goûtant sa propre saveur.

Les cheveux courts de Jack étaient dressés sur sa tête.

— *Nini*, murmura Kin alors qu'il les lissait.

En réponse au froncement de sourcils de son amant, il ajouta :

— Porc-épic.

Ce mot semblait convenir parfaitement.

Souriant, Jack frotta leurs nez ensemble.

— C'est le seul mot que je connaisse en Inuktitut : Baiser Eskimo. Mais je sais que je ne devrais pas utiliser ce mot. Un baiser Inuit ?

Kin se sentait détendu, et merveilleusement épuisé, chaud dans leur petit monde de sac de couchage et de fourrures.

— On appelle ça *Kunik*. Ce n'est pas ce qu'Hollywood pense que c'est… un frottement de nez.

— Oh ? Et qu'est-ce que c'est ?

Pressant son nez et sa lèvre supérieure contre la joue de Jack, Kin inspira profondément.

— C'est un moyen de se rappeler un être aimé, murmura-t-il. Les humer et les connaître à nouveau. Parents et enfants. Amants.

Il se recula, et appuya sa tête sur sa main, se mettant sur le côté afin qu'il ne soit pas trop lourd sur Jack. Il caressa de son pied le tibia de son amant.

— Ce n'est pas une chose sexuelle.

Le souffle tremblant, Jack secoua la tête.

— On aurait dit le contraire, dit ce dernier en faisant courir ses doigts sur la taille de Kin. Alors, je suppose que tu es gay ou bi. À moins que ce ne soit une coutume arctique. Vous prenez vos baisers là où vous le pouvez ?

Kin se mit à rire.

— Non. Je veux dire oui… je suis gay. Et toi ?

— Aussi. J'ai fait mon coming-out au lycée.

Kin ne put s'empêcher d'être un peu jaloux face à cette liberté.

— Qu'a dit ta famille ?

— Il y a eu une période d'adaptation, mais ils l'ont accepté. Comment c'est d'être gay ici ? demanda Jack.

Douloureux. C'était la première chose qui traversa l'esprit de Kin, suivi rapidement par *solitaire*. Mais il haussa les épaules.

— C'est comme ça.

Jack fit courir ses doigts sur la joue de Kin.

— Qu'est-ce que ça veut dire ?

— Je ne sais pas, soupira Kin. Ce n'est pas vraiment accepté ici. C'est plus un sujet à controverse qu'il ne l'est au Sud.

— Pourquoi penses-tu que ce soit le cas ?

— C'est en grande partie à cause de l'influence des missionnaires chrétiens. Mais c'est notre propre tradition également. Ils ont hissé le drapeau de l'arc-en-ciel à Iqaluit City durant les olympiques de Russie, et certaines personnes ont fait un esclandre à ce sujet, estimant que ce n'était pas une coutume Inuit d'être gay. Il n'y a pas de mot pour ça en Inuktitut.

— Ce qui ne veut pas dire que cela n'est pas arrivé, dit Jack en fronçant les sourcils.

— Non. C'est arrivé. Certains spécialistes disent que c'est le cas, et que ce n'était pas un problème. Les hommes qui chassent dehors, et les femmes qui restent derrière. Mais…, s'interrompit Kin en déglutissant difficilement. De ne pas avoir le langage pour l'exprimer rend la situation honteuse. L'idée que deux personnes vivent ensemble comme un couple et ouvertement… c'est une notion sudiste. Nos traditions, notre histoire… c'est une question de survie, et d'avoir des enfants en est une partie. En Arctique, la survie est ce qui importe vraiment.

— Mais tu n'es pas le seul gay Inuit.

— C'est Inuk quand tu parles d'une seule personne, dit Kin avant de grimacer. Désolé. C'est le professeur en moi.

— Non, corrige-moi sur des choses comme ça quand j'ai tort. Cela arrive une fois par an. Que j'aie tort, je veux dire, dit Jack, les yeux plissés de rire.

— Très rarement, j'en suis sûr, le taquina Kin. Eh non, je ne suis apparemment pas le premier ni le seul. Nous avons plus d'appui, mais c'est un lent processus.

— As-tu fait ton coming-out à Arctic Bay ?

La pensée seulement fit bondir son cœur.

— Non. Ma mère est la seule qui le sait. Mon grand-père et mon beau-père…ils n'aimeraient pas ça.

Jack fronça les sourcils.

— Ça doit être difficile. Quelle a été sa réaction ?

Le souvenir de ses yeux brillants et de ses lèvres serrées resterait gravé dans l'esprit de Kin comme les bibelots en stéatite qu'elle sculptait pour les touristes. La manière dont elle avait tenu sa Bible, comme si la solution était là-dedans.

— Rien. Je suis son seul enfant maintenant, alors je suppose qu'elle ne peut pas dire grand-chose. Je sais qu'elle veut que je sois heureux, et elle s'inquiète pour moi. Que je perde mon job si la communauté le découvre. Que je perde mon travail chez les Rangers.

— Les FC n'ont pas de problème avec ça. Je sers l'armée ouvertement.

— Je sais. Mais les Rangers sont des groupes communautaires. J'ai été élu Sergent, et je devrais démissionner s'ils le savaient. Personne ne me respecterait. Surtout les hommes et les femmes plus âgés.

— Mais tu ne le sais pas. Les gens peuvent nous surprendre des fois.

— Je le sais, insista Kin, qui était devenu tendu. Je connais cet endroit. Toi, non.

Jack arrêta de caresser le torse de son compagnon.

— Je suis désolé. Tu as raison.

Exhalant un long soupir, Kin secoua la tête.

— Crois-moi, j'y ai beaucoup pensé. Ce serait mieux si je le gardais pour moi.

— D'accord, répondit Jack en le caressant à nouveau. Alors, pourquoi rester ? Qu'est-ce qui te retient ici ? Pourquoi es-tu revenu après être parti ?

S'allongeant sur le dos, Kin fixa le plafond de la tente, qui bougea avec le vent. Il devrait rallumer le réchaud, mais il était si confortablement installé avec Jack pressé contre lui, dans leur petit cocon douillet, qu'il ne voulait pas bouger. *Qu'est-ce qui me retient ici ?* C'était une question à laquelle il essayait de répondre depuis des années maintenant.

— Quand mon frère est mort, je venais juste de finir mes études de professeur. Je suis revenu pour être avec ma famille et j'ai eu un travail à l'école pour un contrat à durée déterminée. Un des professeurs était en congé de maladie pour une longue période. Mais elle n'est jamais revenue, et je suis… resté, en quelque sorte.

Il pouvait sentir le regard intense de Jack, mais il ne le croisa pas.

— Mais pourquoi ?

— Je ne peux pas l'expliquer. Il y a quelque chose qui m'attire à propos de cette terre. Quelque chose qui fait chanter mon sang, et complète mon cœur à chaque battement.

Kin ferma les yeux.

— En dépit de toutes les raisons qui font que je devrais partir, je reste à cause de ça.

Il croisa le regard de Jack.

— C'est ringard et stupide, je sais.

Mais Jack ne sourit pas.

— C'est ce qu'un chez-soi devrait être, dit Jack.

Il se rapprocha de lui, posant sa tête sur le torse de Kin.

La chaleur qui fleurissait à travers Kin n'était pas seulement causée par le rapprochement de leurs corps.

Mais quand il caressa le dos de Jack, ses doigts rencontrèrent une peau abimée. Ce dernier se tendit, inspirant difficilement.

Avant que Jack ne le repousse, Kin l'entoura de ses bras. Il ne pouvait pas voir les cicatrices dans l'obscurité de leur tente, et il ne les toucha pas à nouveau. Il ne demanda pas non plus, c'était une question pour un autre jour. Alors qu'il jouait avec les cheveux de Jack, la respiration de celui-ci redevint régulière.

Kin somnolait quand la voix de Jack se fit entendre à nouveau, son souffle chaud sur le torse de Kin.

— Qu'en est-il des rencards ? Comment tu fais ici ?

— Je n'en ai pas. J'ai eu quelques petits amis à Edmonton. Rien de sérieux. Mais ici, il n'y a personne pour moi.

— Ce n'est pas un peu solitaire ? Non pas que j'ai eu des rencards depuis que je suis revenu, mais quand même.

— Ça ne me dérange pas.

Mensonge.

— J'ai de quoi m'occuper.

Vérité.

— Il y a plus dans la vie.

Indéterminé.

Jack embrassa le cou de Kin, sa main descendant sur

le ventre de Kin.

— Oui, mais parfois, c'est agréable, n'est-ce pas ? murmura Jack alors qu'il suçait la peau tendre de sa clavicule. De sentir ça.

Kin attira Jack au-dessus de lui.

— Oui, souffla-t-il, avant de lécher la bouche de son amant.

Ils gémirent doucement tandis qu'ils s'embrassaient et bougeaient l'un contre l'autre, trouvant un rythme facile pour accompagner la musique du cri du vent.

Il espéra que la tempête durerait encore un long moment.

— JE PEUX VOIR le monde à nouveau, lança Jack, de la porte de la tente. Le soleil se couche, bien entendu.

Il rentra, fermant les portes avant de se précipiter vers le réchaud.

— Je suppose que nous devrions rester ici pour une autre nuit, hein ?

Après toute une nuit et la moitié d'une journée à l'intérieur, Kin mourrait d'envie de sortir et de bouger.

— C'est *tatkresiwok,* ce soir, dit-il avant d'ajouter. La pleine lune. Elle va apparaitre bientôt, et si le ciel est éclairci, nous pouvons nous rendre près des côtes. Camper là-bas.

Il surprit la pointe de déception sur le visage de Jack, et quelque chose de tendre et de chaleureux l'envahit. Il zippa sa parka et rampa jusqu'à lui.

Ce fut si facile de juste attirer Jack pour un baiser profond et ce dernier gémit, ouvrant la bouche. Quand ils reprirent tous les deux leur souffle, Kin lui murmura à l'oreille.

— Ne t'inquiète pas. Nous aurons beaucoup de temps dans la tente, cette nuit.

Jack frissonna, souriant.

— Je te prends au mot, Sergent.

— Je vais devoir suivre tes ordres, Capitaine, répondit Kin en mordillant l'oreille de Jack.

Mais celui-ci le repoussa, les lèvres serrées.

— Ne dis pas ça.

— Je plaisantais, assura Kin en s'asseyant sur ses talons, déconcerté par le changement d'humeur de son amant.

Baissant sa toque sur son visage, Jack soupira.

— Mais je ne devrais quand même pas faire ça. Nous le savons tous les deux.

— C'est juste entre toi et moi. Les FC n'ont pas à le savoir. Ce n'est pas comme si tu as usé de ta position pour me forcer à faire quelque chose, déclara Kin.

Il tira sur sa propre toque, essayant de repousser la déception qui le brûlait de transparaître dans sa voix avant de poursuivre :

— Mais si tu veux, nous y mettons un terme maintenant.

Gardant la tête baissée, Jack joua avec la fermeture éclair de sa parka.

— Je devrais dire oui. Mais ce serait un mensonge, dit-il, puis il le regarda, les yeux brillants, son souffle se faisant saccadé. Tout ce que je veux, c'est sentir ton corps contre le mien. Goûter ta bouche, ta peau, et ta queue. Je veux rester dans cette tente, baiser jusqu'à ce que nous soyons à court de nourriture et de carburant et que nous devions partir. C'est ce que je veux.

Kin déglutit difficilement. Pourquoi pas ? Aller aux côtes pouvait attendre. Jack et lui se regardèrent, leurs souffles faisant apparaître des nuages dans l'air. Kin devenait dur en pensant seulement à toutes les choses qu'ils pourraient faire. Il pensa qu'il pouvait baiser et parler avec Jack pendant des jours et en vouloir encore. Sa voix devint rauque.

— Je pourrais appeler Donald et lui dire que nous resterons pour la nuit. Il n'aurait pas…

Le téléphone satellitaire sonna à ce moment-là, sa

sonnerie emplissant la tente, et le cœur de Kin bondit. Il répondit, et Donald parla comme si on l'avait invoqué par un sort magique.

— Un des touristes allemands s'est perdu à Sirmilik. À l'extrémité sud. Nous nous dirigeons là-bas. Les patrouilles de Pond Inlet aussi. Mais vous pourriez être plus prés.

— Que faisaient-ils là-bas, aujourd'hui ?

— Le temps s'est éclairci, et ils avaient insisté apparemment. Ils sont sur la péninsule. Au sud de la grande vallée, à l'est de la crête. Sur les champs glaciers. Je te rappellerai quand j'aurais des coordonnées exactes.

— Bien reçu. Nous sommes en chemin.

Jack emballait déjà leurs dernières affaires, professionnel.

— Quelle est la situation ? RES ?

— Oui, répondit Kin.

Il ne voulait même pas taquiner Jack pour l'acronyme de Recherche Et Sauvetage. Ils devaient y aller. Il l'informa de la situation alors qu'ils démontaient la tente, et bientôt, ils furent sur la motoneige. Le soleil se couchait à l'horizon, avec la lune qui montait à travers la toundra tandis que Kin démarrait le moteur. Son souffle se bloqua alors que Jack mettait ses bras autour de sa taille. Même à travers toutes leurs couches de vêtements,

Kin imaginait qu'il pouvait sentir la chaleur du corps de son amant, la puissance de ses cuisses contre ses hanches.

L'envie de tourner la tête pour embrasser Jack encore une fois était une vague à laquelle il devait résister. Non… ils avaient du boulot à faire. Il y aurait un autre moment pour les baisers. Avec le komatik trainant derrière eux, ils commencèrent à traverser le territoire et Kin espéra que ce moment arriverait vite.

IL ÉTAIT MINUIT passé alors qu'ils atteignaient la partie du parc où la femme allemande avait été vue pour la dernière fois. Le ciel dégagé avait heureusement offert beaucoup de lumière lunaire pour les guider à travers la toundra. Bien qu'ils soient en mission, Kin ne pouvait s'empêcher de se sentir en paix, avec les bras de Jack très étroitement serrés autour de lui.

Il espéra que les autres Rangers avaient déjà trouvé la touriste… dans son intérêt à elle. Mais égoïstement, pour que Jack et lui puissent reprendre leur patrouille. Pour qu'ils puissent passer une autre nuit dans leur propre monde dans la tente. Il voulait rendre Jack frénétique puis voir les deux lignes qui sillonnaient son front adoucies par la sérénité après qu'il ait joui.

Et il voulait lui parler. Il voulait qu'ils se blottissent l'un contre l'autre aussi longtemps qu'ils le pouvaient et ainsi se découvrir. Kin secoua la tête intérieurement alors qu'il manipulait la motoneige autour d'une colline qu'il savait rocheuse sous les couches de neige. Cela ne lui ressemblait pas.

— Tout va bien ? cria Jack.

Kin hocha la tête et ajusta ses lunettes de protection. Il avait besoin de se concentrer sur la mission, mais après une minute, son esprit dériva à nouveau. À Edmonton, les mecs qu'il baisait avaient été amusants. Jusqu'à ce qu'ils ne le soient plus, et c'était à ce moment-là que Kin partait de son côté. Il ne s'était jamais rapproché de quelqu'un d'autre. Quel était le but ? Ce n'était pas comme s'il allait amener un petit copain à Arctic Bay.

Même avant que la mort de Maguyuk ne le ramène à Nunavut, il avait toujours su au fond de lui qu'il ne pouvait pas rester à l'écart. Il avait su que, s'il devait retourner chez lui, il devrait alors être seul.

Pourtant, avec Jack, il se retrouvait à en vouloir plus. À vouloir s'y enfouir comme il le faisait avec un sac de couchage pendant une nuit arctique. Il voulait connaître l'histoire des cicatrices sur le corps de Jack et sur son âme. Il voulait les faire disparaître et parler des étoiles et voir le visage de Jack s'illuminer comme un gamin quand il avait utilisé le compas. Il voulait découvrir ce qui ferait plisser ses yeux de rire.

Kin lutta contre l'envie de secouer sa stupide tête à nouveau. Dans deux jours, Jack retournerait au Sud et ne reviendrait jamais. C'était ridicule d'envisager ce… quoi ? Béguin ? Il avait un bon travail et une vie agréable. Il avait accepté le fait que cette romance ne serait jamais une partie de sa vie. Ne le pourrait jamais. Il devait arrêter ces pensées dangereuses.

Le Capitaine Jack Turner et lui avaient baisé, et cela avait été un bon moyen pour passer le temps pendant la tempête. C'était tout.

Fin du roman.

Ils arrivaient près des champs glaciers où les allemands se trouvaient un peu plus tôt. Ce n'était pas le bon moment pour les touristes de skier sur la piste puisque le voyage par bateau serait bientôt impossible quand la glace se formerait, mais les Allemands avaient apparemment bien payé un couple de guides d'Arctic Bay pour les emmener sur la piste par motoneige.

Kin était juste sur le point de s'arrêter et de vérifier les GPS quand un cliquetis retentit du véhicule. Il éteignit le moteur, et Jack et lui en descendirent. Il faisait moins vingt degrés, mais le vent était calme. Il balaya la zone, cependant, il ne détecta aucun mouvement sous le clair de lune. Malgré cela, il attrapa le fusil Enfield du komatik pour le tendre à Jack. Les ours pouvaient entendre leur approche et viendraient les chercher.

— Sais-tu pourquoi elle fait ce bruit ? demanda Jack, retirant ses lunettes de protection.

Secouant la tête, Kin décrocha le komatik et poussa la motoneige sur le côté.

— Je vais vérifier juste au cas où. Parfois, des blocs de glace peuvent érafler l'engin.

— Tu sais comment réparer ça ?

Avec un hochement de tête, Kin enleva ses propres lunettes et s'agenouilla dans la neige.

— Nous ne pouvons pas appeler l'AAC[15] ici. Nous savons tous comment réparer les véhicules.

— Professeur, la journée. Ranger et mécanicien, les week-ends. Sans oublier, astronome.

Kin sourit alors qu'il allumait sa lampe-torche et se penchait vers la motoneige pour vérifier le piston.

— Quelque chose comme ça, dit-il. Peux-tu me donner ma boîte à outils sur l'avant du komatik ? Le traineau, je veux dire.

La neige craqua sous les bottes de Jack, et une minute plus tard, il revint avec les outils. Kin retira ses moufles en peau de grizzli, portant juste ses gants en coton alors

---

[15] L'Association d'Automobile Canadienne.

qu'il prenait une pince de l'une des axes.

— C'est une nouvelle motoneige, marmonna-t-il. Elle ne devrait pas causer de problèmes.

Jack s'agenouilla, posant le fusil contre le véhicule.

— Ils ne construisent plus ces choses comme ils avaient l'habitude de le faire auparavant, ça, c'est sûr. Je ne sais plus combien de fois nos équipements sont tombés en panne dans le désert. Tout ce sable, c'est l'enfer pour les mécanismes.

— Peut-être que je devrais revenir aux traineaux à chiens, ajouta Kin en baissant la tête pour avoir une meilleure vue sur les engrenages. Tout a l'air en ordre. Je vais serrer un peu les boulons juste au cas où.

— As-tu l'habitude d'être appelé pour des ORS ?[16]

Kin ne put résister cette fois-ci.

— As-tu déjà rencontré un acronyme que tu n'aimais pas ?

— Nan. C'est ce que j'aime chez les militaires. Plus d'acronymes que je ne pensais possibles.

— Quel est ton préféré ?

Jack réfléchit un moment.

— PDNC.

— Ce qui veut dire ?

— Petit Dé Noir en Caoutchouc.

---

[16] Opération de Recherche et de Sauvetage.

Riant, Kin secoua la tête.

— C'est pas vrai !

— Je suis sérieux ! Nous les utilisons pour attacher des bâches sur nos véhicules. Hey, as-tu… ?

La tête de Kin était toujours baissée.

— Hum ? fit-il en manipulant l'appareil.

— Hé ho ! cria Jack, sa voix paraissant soudain distante.

Avec un sursaut, Kin bondit sur ses pieds, mais Jack se trouvait déjà à une vingtaine de pas de lui.

— Jack ! Arrête !

— Je peux l'entendre ! Par là, allons-y ! cria celui-ci en commençant à courir.

— Merde ! Arrête ! Jack !

Kin prit ses moufles et se précipita derrière lui.

— Reviens ici !

Sa mâchoire se crispa tandis qu'il courait. *Quel idiot* !

— J'ai dit : arrête tout de suite !

Pendant une seconde, Jack obéit. Puis, il disparut, englouti par le sol en une seule bouchée silencieuse.

Chapitre Six

Il s'était arrêté de tomber. C'était au moins quelque chose. Jack était de travers dans le trou étroit entre les murs de glaces. Son cœur battait douloureusement, l'adrénaline pulsant en lui comme un torrent. Il haletait pour respirer.

Je suis dans ma tombe.

La panique lui serrait les poumons, et il eut un cri lamentable dans le silence. *Non, non, non ! Pas comme ça !* Il devait se concentrer. Fermant les yeux, ce qui était absurde dans l'obscurité, il s'appliqua à respirer aussi profondément qu'il le pouvait. Les étoiles qui dansaient devant ses yeux disparurent, et il les ouvrit à nouveau. L'air froid brûla sa gorge, mais il l'inspira régulièrement.

OK. Arrête. Évalue la situation.

Son épaule droite était coincée douloureusement sur

le côté, ses cicatrices hurlant comme si sa peau s'ouvrait à nouveau, même s'il savait que ce n'était pas le cas. Quand il essaya timidement de bouger, il se rendit compte que sa jambe droite était suspendue dans le vide. Son bras gauche n'était pas coincé, mais sa jambe gauche était courbée dans un mauvais angle. Son genou pulsait, mais du moins, cela l'avait empêché de tomber plus profondément. Si ses deux jambes avaient été coincées, il aurait suffoqué comme le frère de Kin.

La panique revint, mais disparut dès qu'il se rappela que Kin était là-haut. Il savait sans aucun doute que le canadien allait le sortir de là. Mais il faisait si froid, et s'il tombait un peu plus…

— Jack !

Le soulagement l'envahit en entendant la voix de Kin. Prudemment, il inclina sa tête en arrière, clignant des yeux à la lumière de la lampe-torche. Il ne pouvait pas dire à quelle distance se trouvait Kin, et pria pour qu'il ne soit pas tombé trop profond.

— Ne bouge pas. Je suis là.

Mais quand la lumière disparut et qu'il vit la silhouette de Kin au clair de lune, Jack réalisa que le sol était à six mètres au-dessus de lui.

— Es-tu blessé ? lança Kin.

— Non. Pas vraiment, répondit-il, sa voix retentissant fortement.

Me suis-je cogné la tête ? Il leva sa main gauche pour tapoter son crâne, mais ne sentit aucune bosse à travers ses moufles et son bonnet. Les lèvres serrées, il remua pour soulager la pression sur sa jambe pliée et essaya de la bouger pour la remettre dans le bon sens…

Alors que son cri résonnait, il glissa de quelques centimètres. Le sang lui monta à la tête, et son genou se coinça dans un plus mauvais angle. Ses muscles et tendons protestaient, mais il resta immobile.

— Jack !

— Je vais bien.

Il avait l'impression d'avoir avalé du sable.

— Je suis là, d'accord ? Ne bouge pas ! Je suis en train d'installer l'ancrage pour la corde.

Piégé dans le gouffre étroit, l'esprit de Jack se rappela la raison pour laquelle il avait réussi à atterrir ici. L'Allemande. Il avait entendu ses hurlements et avait commencé à courir, certain que la femme disparue était proche. Il avait entendu les cris de Kin juste avant que la neige cède sous lui, révélant la fente dans le glacier et tombant dedans, impuissant.

— Elle est proche. Tu dois aller la chercher d'abord.

Il n'y eut aucune réponse… juste l'écho des halètements de Kin.

— Kin ?

— Je t'ai entendu ! lança-t-il. Elle peut être à des kilomètres d'ici. Tu es là. Je vais te sortir en premier !

— Non, je l'ai entendu. C'était aussi clair que le jour. Elle est proche ! cria Jack.

— Tu ne peux pas toujours croire ce que tu entends ici ! Ta vue non plus. L'arctique peut te jouer des tours. J'ai entendu des hommes parler à des kilomètres de là, leurs voix retentissant à travers le territoire comme s'ils étaient près de moi. C'est pourquoi nous ne réagissons pas de manière inconsidérée.

J'ai vraiment merdé sur ce coup-là !

— Merde, murmura-t-il.

Fermant les yeux à nouveau, Jack inspira et expira. La douleur dans son épaule droite faisait écho à celle de son genou gauche, et même dans ses moufles et ses bottes, ses doigts et ses orteils commençaient à s'engourdir. C'était comme entrer dans un sous-sol froid, la température plus inférieure à celle de la surface glacée. Avec des mouvements lents et prudents, il tira sur son chauffe-nuque aussi haut qu'il le pouvait. Il claquait des dents.

Pense à un endroit chaud.

Bien entendu, le premier endroit qui traversa son esprit, en emplissant chaque recoin, fut l'Afghanistan. Ce jour-là se rejouait dans sa tête comme un DVD que l'on ne pouvait pas arrêter ou faire avancer rapidement. Tout ce qu'il put faire était rembobiner et regarder encore et encore.

Il s'essuya la bouche du dos de la main, souhaitant pouvoir cracher les grains de sable qu'il avait l'impression d'avoir sur la langue. Même dans le 4x4 avec les vitres fermées, et la climatisation à fond, la sueur humidifiait ses cheveux sous son casque. Assis sur le siège passager à côté de lui, le Caporal Gagnon blablatait sur sa petite amie qui habitait Montréal.

— Alors, elle me dit qu'on s'est éloignés ! Va chier ! Je pensais qu'elle était la bonne. Elle m'a dit qu'elle m'attendrait pendant que je serais ici.

Il ricana.

— Elle n'a même pas attendu un an ! Vous savez…

— Sais quoi ? demanda Jack, quand un soudain silence se fit.

Il jeta un coup d'œil à Gagnon qui s'était redressé brusquement, regardant fixement à travers le pare-brise.

Jack se tendit.

— Qu'est-ce qui se passe ?

Grant, assis à l'arrière, demanda :

— C'est un gosse, là-bas ?

Gagnon ralentit, et ils se penchèrent tous en avant. Ils étaient à la tête du convoi, et Jack envoya un message radio aux autres pour les prévenir de rester en retrait. Il n'avait pas besoin de sortir ses lunettes de protection pour savoir que c'était bien un enfant sur la route, mais il regarda quand même de plus près. Une petite fille. Qui pleurait. Il balaya la zone du regard pour surveiller le moindre mouvement suspect. Rien.

— Arrêtez-vous à une cinquantaine de mètres.

Gagnon arrêta le 4x4 comme ordonné. La fillette se tenait juste au milieu de la route déserte, sanglotant. La piste devait brûler ses pieds nus, mais peut-être qu'elle en avait l'habitude. Jack parcourut mentalement leurs options. Ils pouvaient la contourner, mais n'étaient-ils pas là afin d'aider des petites filles afghanes ?

Le soldat Sagemillier était à l'arrière à côté de Grant, et l'ordre d'aller voir ce qui n'allait pas avec la fille était sur le bout de langue de Jack. Mais il serra les lèvres. Même si Grant et lui étaient discrets, il ne pouvait montrer aucun favoritisme.

— McKenzie ! Allez voir de quoi il retourne.

— Maintenant, je suis un terp ? marmonna Grant alors qu'il ouvrait la porte.

— Allez juste jeter un coup d'œil, répéta Jack.

Il grimaça à l'air chaud, l'irritation faisant rage en lui. Peu importe ce que Grant et lui représentaient l'un pour l'autre pendant leur temps libre — et ce qu'ils avaient était encore sujet à discussion — il était le commandant.

Sagemillier s'éclaircit la gorge.

— Terp, Monsieur ?

Le jeune homme était complètement rouquin, et posait des questions toutes les cinq minutes. Jack prit une profonde inspiration et s'assura de ne pas laisser sa colère transparaître sur son visage. Ce n'était pas la faute de Sagemillier.

— Interprète civile. Nous n'en avons pas aujourd'hui.

La radio crépita, c'était d'un appel de l'un des 4x4 qui étaient restés en retrait, et Jack le prit.

— Préparez-vous à partir.

Il regarda Grant s'approcher lentement de la fille, qui avait l'air d'avoir huit ou neuf ans. Relevant ses lunettes de protection, Jack balaya à nouveau la zone. Il n'y avait rien. Mais un sentiment croissant de terreur l'envahissait, devenant plus fort à chaque seconde.

— Quelque chose cloche !

Il ouvrit la porte et cria :

— McKenzie ! Repliez-vous !

Mais Grant continua, étant seulement à dix mètres de la fille, à présent.

— McKenzie ! J'ai dit : repliez-vous !

Même à cette distance, il pouvait voir les épaules rigides de Grant, prouvant qu'il était en colère. Au lieu de suivre les ordres, ce dernier fit encore quelques pas envers la fille. Jurant dans sa barbe, Jack bondit du véhicule et se mit à courir sur la route. Merde, il aurait dû savoir qu'avoir une *relation avec un autre soldat était une mauvaise idée, sans oublier que Grant était son lieutenant. Celui-ci était en colère à propos de ce qui s'était passé ce matin-là, et à présent, il laissait ce problème affecter son travail. Et voilà le résultat. Jack allait en terminer dès qu'ils rentreraient à la base.*

— Mckenzie, ne vous approchez plus !

— Capitaine !

C'était la voix de Gagnon.

Jack s'arrêta et se retourna.

Puis il s'envola et il y eut du feu.

—Jack ? Réponds-moi !

Clignant des yeux, il releva la tête. Le visage de Kin était dans l'obscurité, éclairé seulement par la lune.

— Oui, je suis là.

Ses dents ne claquaient plus, mais il avait le sentiment que c'était un mauvais signe.

—Je fais descendre le harnais. Tu dois le passer au-dessus de ta tête et sous tes bras.

OK.

—Jack !

Il réalisa qu'il n'avait pas parlé à haute voix.

— OK, répondit-il.

Il se sentait complètement engourdi, la douleur dans son genou plié et son épaule disparaissant, les protestations de ses cicatrices se faisant silencieuses à nouveau.

— C'est bon. Peux-tu le voir ? demanda Kin, en illuminant le trou de sa lampe-torche.

— Ouais.

La corde était bleue et épaisse, et il tendit la main vers la boucle de sa main gauche. Passer le harnais pardessus sa tête n'était pas difficile. Mais à présent, il devait le faire passer sous son bras droit également sans tomber un peu plus.

— C'est ça ! Tu te débrouilles très bien !

La pression accrue sur le genou gauche de Jack lui fit monter les larmes aux yeux, et il essaya d'attraper la corde de sa main gauche afin d'avoir assez d'appui pour libérer son épaule droite du mur glacé. Mais ses doigts ne voulaient pas obéir. Il tira, cependant, ça ne marcha pas. Il ouvrait la bouche pour dire qu'il ne pouvait pas le faire quand sa jambe gauche céda, et il tomba encore plus.

La corde l'arrêta, et il haleta, l'adrénaline faisant éclater son engourdissement. Les murs de glace touchaient sa taille sur les deux côtés, et la corde appuyait sur le côté droit de sa nuque. C'était incroyablement étroit sous son bras gauche, et il lutta pour le garder baissé. S'il le levait, le harnais se libérerait et il resterait coincé. Respirer lui faisait déjà mal.

— Je suis là.

Jack écouta la voix de Kin, imaginant que c'était ses bras autour de lui au lieu du harnais.

— Lève ton bras droit et passe-le sous le harnais. Tu peux le faire.

La pulsation dans son épaule égala les battements de son cœur alors que Jack obéissait.

Kin est là. Il ne me laissera pas tomber.

— Voilà ! Maintenant, reste aussi immobile que tu le peux.

Les seuls bruits étaient le craquement de la corde et le souffle court de Jack. Centimètre par centimètre, Kin le hissa vers la surface. Lentement, très lentement, la lune devint plus proche. Jack regarda en bas, et il n'y avait que du vide et les ténèbres.

Le bord du gouffre s'enfonça dans le dos de Jack alors qu'il était tiré sur le côté, mais le soulagement bloqua toute douleur. Il fixa les étoiles, voulant dire à Kin à quel point il était reconnaissant, mais il ne put que grogner.

Haletant, Kin l'éloigna du trou en l'entrainant, ne s'arrêtant pas jusqu'à ce qu'ils soient près de la moto-neige. Jack essaya de dire qu'il allait bien, mais les mots semblaient figés sur sa langue. Il ferma les yeux, écoutant Kin s'affairer autour de lui. Il parla en Inuktitut, demandant sûrement de l'aide grâce au téléphone satellitaire, donc Jack n'essaya pas de répondre. Puis il y eut une chaleur bienfaisante sur son visage et il cilla.

Kin était là, son souffle sur les joues de Jack. Puis il l'entraina à nouveau, cette fois-ci vers la tente, qui était en quelque sorte déjà installée. Jack réalisa que le temps passait d'une manière étrange, et que, peut-être, il s'était cogné la tête, après tout. Ce qu'il voulait plus que tout au monde, c'était dormir…

— Jack !

La voix de Kin était trop forte.

Il essaya de le lui dire alors que le canadien lui enlevait ses vêtements. Il faisait trop froid, mais ensuite, Kin fut nu également, et ils se trouvaient dans le double sac de couchage. La peau de Jack frémit là où son amant le frottait. La douleur dans son genou et son épaule revint avec force alors qu'il se réchauffait, le souffle de Kin et sa peau lui donnaient l'impression qu'ils étaient dans un four dans leur sac de couchage. La brume dans son esprit commença à se dissiper, et Jack se concentra sur son canadien qui se retrouvait au-dessus de lui, haletant lourdement alors qu'il frottait méthodiquement chaque centimètre du corps de Jack, passant de ses doigts jusqu'à ses orteils.

— Je suppose que tu as enfin pu jouer à Déshabiller Jack, après tout.

Le regard pâle de Kin croisa celui de Jack. Après un

moment, ses épaules se détendirent, et il sourit.

— Ouais, je suppose.

— Désolé, j'ai pensé… j'ai couru sans réfléchir.

Pendant quelques instants, Kin fit courir son doigt sur le contour de son visage, l'observant avec une expression sérieuse. Il blottit son nez et sa lèvre supérieure sur la joue de Jack et le huma profondément.

Jack pouvait sentir le chatouillement de la barbe de Kin sur sa lèvre, et il retint son souffle. Était-il possible qu'en début de semaine, ils n'allaient même pas se rencontrer ? Maintenant, il ne voulait plus jamais le relâcher. Jack se cramponna à Kin, déglutissant difficilement.

— Ton instinct est d'aider, murmura ce dernier. Ce n'est pas une mauvaise chose.

— L'Allemande… nous devons…

Jack essaya de se relever avec sa main gauche.

— Ils l'ont trouvé. Gelée, mais elle ira bien. Elle avait un bon équipement et s'était tenue chaud pour la nuit. Comment te sens-tu ? Es-tu blessé ? demanda Kin en passant sa main doucement sur le bras de Jack.

— Je me suis tordu le genou et l'épaule. Je ne pense pas qu'ils soient cassés. Un peu de glace devrait faire l'affaire.

Il se mit à rire.

— En y pensant, peut-être de l'ibuprofène aussi.

Avec un sourire, Kin l'embrassa doucement.

— Dans peu de temps, nous allons nous diriger vers Arctic Bay. Le docteur y jettera un coup d'œil au matin. Je veux d'abord m'assurer que tu sois pleinement réchauffé, l'informa-t-il.

Jack exhorta Kin à se mettre complètement au-dessus de lui, écartant ses jambes. Son genou et son épaule lui faisaient mal, mais ça en valait la peine.

— Je pense que si tu m'embrasses, ça va aider.

Caressant les cheveux de Jack, Kin sourit.

— Tu le penses vraiment, Nini ?

Il hocha la tête, ressentant un plaisir ridicule au surnom.

Kin pressa leurs lèvres ensemble, l'embrassant avec une douceur qui fit mal à Jack, mais d'une tout autre manière.

L'ESTOMAC DE JACK se noua quand on frappa à la porte, et il bondit du lit, envoyant quelques feuilles du rapport qu'il avait éparpillées sur la couette sur le sol. Il ignora l'éclair de douleur alors que son genou protestait, et avec une profonde inspiration, il redressa sa chemise et lissa son pantalon militaire. Il y avait un grand trou sur sa chaussette gauche, mais il n'avait pas le temps d'enfiler ses bottes.

Puis il se recomposa, faisant disparaître le sourire idiot de son visage, espérant que ce ne serait pas Susan qui venait encore vérifier s'il allait bien. Non pas qu'il n'apprécie pas son inquiétude, mais il n'y avait qu'une seule personne qu'il voulait voir. Il s'éclaircit la gorge.

— J'arrive !

Il ouvrit la porte et son cœur bondit.

Kin portait son uniforme de Ranger sans son manteau. Sous le bord de sa casquette de baseball rouge, ses yeux pâles étaient intenses. Ils se regardèrent pendant quelques secondes. Il y avait tant de choses que Jack voulait dire, mais à présent que Kin se tenait devant lui, les mots s'évaporèrent. Il se rappela qu'il devait le laisser entrer d'abord. Le canadien se tint près de la porte fermée avec les mains croisées derrière lui. Ils se fixèrent à nouveau.

Dans la tente, cela avait été si facile… de doux baisers et des caresses alors que Jack se réchauffait à nouveau. Être seulement proche de Kin était encore mieux qu'il ne l'avait imaginé. Mais maintenant qu'ils se retrouvaient à nouveau dans le monde réel, c'était comme si une barrière avait été soudainement dressée entre eux.

— Comment te sens-tu ? demanda Kin.

— Bien. Endolori, mais c'est rien. Je ne force pas sur mon genou et mon épaule, et j'ai quelques bosses et des bleus. J'espérais…

Jack s'interrompit, mais au diable tout ça.

— J'espérais que tu reviendrais pour une visite cet après-midi. Après avoir fini avec les Allemands et tout.

Le visage de Kin s'illumina.

— Voulais-tu que je revienne ? Je n'ai pas pensé que ce serait approprié maintenant que… eh bien, maintenant. Ici.

Là, c'est ta chance.

— Oui. Tu as raison. C'est totalement inapproprié.

Les narines frémissantes, Kin hocha la tête et s'éclaircit la gorge.

— Ouais. Donc, nous devrions fixer une heure pour Nanisivik. Donald me prête son pick-up. Nous pouvons y aller quand tu veux. Je suppose que ton vol est pour demain matin, pas vrai ? Donc, nous devrons y aller cette nuit. Si tu le veux toujours.

— Je le veux.

— D'accord, dit Kin, son regard fixé sur le fin tapis marron.

— Je voulais que tu reviennes. Je te désire toujours. Je m'en fous de ce qui est approprié ou non. Je le devrais, mais je m'en fous. Je…

Il fut interrompu alors que Kin réduisait la distance entre eux en un clin d'œil, l'embrassant bruyamment. Il jeta sa casquette sur le sol et prit le visage de Jack dans ses mains, souriant contre sa bouche.

— J'avais peur que tu ne dises non. Et tu as besoin de te reposer.

— Je suis tout reposé, murmura Jack. Je vais survivre. Grâce à toi.

— Tu as failli…

Kin s'interrompit en secouant la tête, baissant le regard. Il laissa tomber ses mains sur les côtés.

— Mais ce n'est pas le cas. Tu m'as sauvé.

Quand Kin ne releva pas les yeux, Jack s'approcha de lui.

— Kin ?

La voix de ce dernier était presque un murmure.

— Je n'ai pas pu sauver mon frère. J'avais si peur que je ne puisse pas te sauver non plus. Que je sois là, cette fois-ci, mais que je te regarde mourir. Que je puisse échouer encore.

— Hey, regarde-moi. Tu n'as pas échoué, dit Jack en caressant la joue de Kin, l'embrassant doucement.

— J'ai entendu sa voix là-bas. Je sais que ça a l'air fou, mais j'avais l'impression qu'il était là, qu'il m'aidait à nouer la corde. Qu'il me donnait la force de te tirer de là. Quand je pense à lui maintenant, ce n'est… plus si vide. Cela n'a pas de sens, mais…

— Cela a un sens pour moi, dit Jack en l'embrassant à nouveau. Je savais que tu me sauverais. Je n'en ai jamais douté, pas une seconde.

Souriant doucement, Kin prit les mains de Jack dans les siennes.

— Vraiment ?

— Vraiment.

Ils pressèrent leurs fronts ensemble, inspirant pendant une minute, se penchant l'un vers l'autre, les doigts entrelacés.

— Maintenant, viens ici. Si nous devons briser les règles, autant le faire bien, dit Jack en tirant Kin vers le lit vide.

Il ne put cacher sa grimace alors qu'il tombait sur le matelas, et son épaule eut un sursaut.

Toujours sur ses pieds, Kin recula immédiatement, les sourcils froncés.

— Es-tu certain de ne pas être blessé ?

— *Oui.*

Jack s'assit sur le bord du lit, prenant les mains de son amant et le tirant vers lui.

— J'ai survécu à une explosion, continua-t-il. Je peux

gérer une chute.

Mais Kin résista, caressant les mains de Jack avec ses pouces.

— Jack…

Il reconnut la pitié familière dans les yeux de Kin, et bondit sur ses pieds en dépit de l'éclair de douleur, s'éloignant du lit.

— Ce n'est rien. Oublie ça. Si tu n'en as pas envie, j'ai du travail à faire.

Il se tint près du lit qui faisait face à la salle de bain et commença à farfouiller dans les feuilles qui se trouvaient là. La douleur dans sa poitrine était familière également. Il se tendit quand le souffle de Kin effleura la nuque de Jack et quand ses mains se posèrent sur ses épaules.

Au début, Kin ne dit rien, et Jack inspira faiblement à travers ses lèvres entrouvertes. Kin se blottit contre la tête de son compagnon alors qu'il caressait légèrement les bras de Jack, ses mains calleuses laissant de la chaleur sur leur chemin. La peau de celui-ci frissonna, et il se pencha en arrière contre le canadien, un soupir s'échappant de sa bouche tandis que les mains de Kin s'enfouissaient sous son tee-shirt.

Ses doigts effleurèrent le ventre et le torse de Jack, touchant à peine ses tétons. L'excitation de ce dernier augmenta à chaque caresse douce et souvent taquine, puis il ferma les yeux. Il ne pouvait pas rester debout plus longtemps, toute tension s'évaporant alors que son sexe se durcissait. Il voulait se laisser tomber sur le lit et écarter les jambes, offrant à Kin tout ce qu'il voudrait bien prendre.

Puis il haleta et ses yeux s'ouvrirent. Les mains de Kin étaient sur son dos sous le tissu et touchaient ses cicatrices. Le corps de Jack vibra, mais pas de désir.

— Non, murmura-t-il.

Son esprit lui disait de le repousser, mais il ne put bouger.

— Tout va bien, souffla Kin, l'embrassant sur le cou. Puis-je ?

Il glissa ses paumes sur la taille de Jack jusqu'à l'ourlet de son tee-shirt.

La respiration à présent saccadée, le pouls de Jack battit rapidement. Il avait seulement rencontré l'homme quelques jours plus tôt, mais il était convaincu que Kin ne lui ferait pas de mal. Il hocha la tête. Jack ne voulait pas que son amant voie à quel point il était laid, cependant, une partie de lui le désirait. Pour la première fois depuis ce jour-là dans le désert, il voulait qu'on le voie.

Kin souleva le tee-shirt et Jack leva les bras. Alors qu'il les baissait, son cœur bondit. Fermant les yeux, il attendit le sursaut de surprise de Kin. Il attendit le rejet, et le jugement, parce que c'était sa faute. Grant était mort, et Jack était vivant, et cela lui faisait toujours mal. Un des éclats d'obus était allé directement jusqu'à l'os, tranchant sa peau comme du papier. Tranchant tout ce qu'il était au passage.

Alors qu'il sentait le souffle de Kin, puis des lèvres chaudes sur le haut de sa colonne vertébrale. Jack frissonna et émit un son aigu qui pouvait seulement passer pour un gémissement. Jack savait ce que Kin voyait… des bosses de peau déchirée et brûlée qui ne guériraient jamais, partant de sa nuque, traversant son omoplate droite jusqu'en dessous de sa taille.

Ses oreilles bourdonnaient comme le fredonnement des abeilles, et ses narines étaient brûlées par une fumée âcre. Il y avait des cendres et du sable dans sa bouche, et cela l'étranglait. La douleur était brûlante, et voilà… il allait mourir. Merde, il mourrait, et il avait si mal que ce serait un soulagement, mais il ne voulait pas mourir et il cria, cependant il n'y eut qu'un bourdonnement. Puis Sagemillier fut là, ses lèvres bougeant, mais pas un son ne sortant de sa bouche. Il entrainait Jack à travers le tarmac brûlant, et Seigneur, où était Grant ?

Il haleta, et Kin l'enveloppa de ses bras, ses lèvres contre la nuque de Jack et son épaule.

— Je te tiens.

Les larmes lui montèrent aux yeux, et Jack prit une profonde inspiration alors qu'il s'effondrait contre Kin.

— S'il te plaît. J'ai besoin… je veux…

Quoi ? De quoi avait-il besoin ? Il ne le savait pas.

Mais Kin semblait comprendre, et il guida Jack vers le lit vide, le déshabillant du reste de ses vêtements et le faisant s'asseoir sur le côté du lit puis le poussant sur le dos, gardant ses hanches sur le bord.

Complètement nu, mis à part le bandage qui entourait son genou douloureux, Jack écarta les jambes. Kin s'agenouilla entre elles, et Jack s'appuya sur ses coudes, frissonnant alors que Kin faisait courir ses paumes sur l'intérieur de ses cuisses, les lèvres entrouvertes et les yeux brillants.

Il protesta quand Kin s'éloigna, mais celui-ci arrangea juste plus d'oreillers derrière Jack afin que ce dernier puisse s'appuyer dessus et voir sans se fatiguer. Jack se réinstalla avec un soupir tandis que Kin s'agenouillait à nouveau entre ses cuisses. C'était impressionnant à voir.

La queue de Jack était à moitié dure, courbant sur son ventre. Avec un petit sourire, Kin l'embrassa sur le bout et puis explora les poils pubiens, le touchant à peine, mais envoyant des éclairs de plaisir traverser sa peau. La couette rose-bordeaux était bon marché, mais douce, et Jack se tortilla sur elle, levant les hanches avec un gémissement.

Cependant, Kin semblait déterminé à le torturer, et quelle exquise torture… chaque seconde aussi bonne qu'il l'avait imaginé pendant cette nuit-là dans la tente quand Kin avait sucé ses doigts. La langue de Kin était rugueuse et humide sur la peau douce des cuisses de Jack et celui-ci tremblait quand son amant arriva à ses boules et à son ouverture, repoussant ses jambes doucement, clairement attentif aux blessures de Jack.

Alors que le plaisir montait, Jack ne ressentit aucune douleur, et il y avait quelque chose de glorieux à être allongé sans vergogne avec Kin agenouillé devant lui et qui était toujours habillé de son uniforme. Jack ne s'était jamais autant ouvert à Grant de cette manière. Cela avait toujours été précipité, et Jack ne l'avait jamais laissé le baiser. Mais maintenant, il eut envie que Kin le fasse, même si cela allait être douloureux pour son épaule et son genou.

Kin avait vu ses cicatrices – les avait même embrassés – et il avait toujours envie de lui. Jack avait l'impression que le poids qui était coincé dans sa poitrine avait, à présent, disparu. Il posa sa main sur la chevelure épaisse et noire de Kin, caressant sa tête tandis que celui-ci le rendait de plus en plus dur sans toucher son sexe.

Quand Kin le prit enfin dans sa bouche, le suçant jusqu'à la garde avec un mouvement expert, Jack arqua le dos, son cri retentissant à travers la pièce.

La main de Kin s'abattit sur la bouche de Jack, et il releva la tête.

— Chuuut ! Les murs sont fins.

Puis l'aspiration chaude de la bouche de Kin l'enveloppa à nouveau, et Jack gémit bruyamment, étouffé par la paume de son amant. Il ondula des hanches aussi vite qu'il le pouvait tandis que le désir montait, fort et dur.

Avoir la main de Kin sur sa bouche rendait tout ça meilleur, et il agrippa son poignet, grognant et fermant les yeux. Il était épinglé, Kin le suçant violemment, et Jack ne s'était jamais senti aussi libre.

Il semblait presque léviter du lit quand il jouit. À chaque pulsation, l'intensité de son soulagement augmentait, et il haleta contre la main de Kin, tremblant tandis que celui-ci continuait toujours de le lécher, avalant à plusieurs reprises.

Quand le canadien retira sa bouche, il se lécha les lèvres, attrapant le sperme qui tombait sur son menton. Il croisa le regard de Jack et sourit. Puis il enleva son autre main de la bouche de Jack, et traça des cercles sur la cuisse de son amant.

— Désolé. C'est juste que si quelqu'un nous avait entendus…

Jack se releva, secouant la tête.

— Non, je…

Il s'interrompit avant de lui rendre son sourire.

— J'ai aimé ça. J'ai aimé comme nous l'avons fait.

— Ouais ? fit Kin en souriant d'un air diabolique. C'est bon à savoir.

Faisant courir une main sur ses cheveux, Kin se mit debout.

— Je suppose que nous devrions…

— Te soulager ? Oui, c'est vrai, dit Jack en posant la main sur son pantalon.

Il le tira le long de ses jambes ainsi que son boxer. Kin était dur et humide, et Jack ne voulait pas le taquiner, au lieu de ça, il le suça, ne perdant pas de temps.

Kin enfouit ses doigts dans les cheveux de Jack, murmurant quelque chose en Inuktitut. Jack ne connaissait pas les mots, mais il les comprit tout de même.

Chapitre Sept

IL FAISAIT NUIT depuis des heures quand ils arrivèrent à Nanisivik, les étoiles brillaient et la lune était pleine. Kin sourit intérieurement alors que Jack tournait en rond sur la jetée ovale couverte de neige, la tête inclinée en arrière. Le capuchon de sa parka glissa de sa toque.

— Regarde La Grande Ourse. Tout semble proche ici.

Kin garda son regard fixé sur Jack. Il avait vu les étoiles, un million de fois, et ce serait probablement sa dernière chance de voir cet homme. Le matin viendrait bien trop tôt, et Jack retournerait à Ottawa et à sa vie. Kin aurait voulu ignorer la douleur qui accompagnait cette pensée.

Nous venons juste de nous rencontrer. Je devrais m'estimer heureux d'avoir eu un peu d'action pour changer. C'était amusant le temps que ça a duré.

Mais ce n'était pas le cas. Ce n'était pas *amusant*. Et les émotions qu'il avait ressenties en baisant avec Jack ne ressemblaient pas à celles qu'il avait connues avec ses anciennes conquêtes. Même maintenant, son estomac papillonnait, et il voulait attirer Jack contre lui et l'embrasser jusqu'à ce qu'ils ne puissent plus respirer. Il voulait le déshabiller à nouveau, et le baiser constamment. Il voulait voir son visage repu après un orgasme, les lignes de son front momentanément adoucies, et les lèvres entrouvertes.

— À quoi ressemblaient les étoiles dans le désert ?

Les yeux toujours fixés dans le ciel, Jack sourit tristement.

— C'était ce que j'aimais le plus quand j'étais là-bas. Le ciel était si sombre, et s'il y avait des nuages, ils ressemblaient à des trous noirs dans un océan d'étoiles. Des parties de la Voie Lactée projetaient quelques fois des ombres sur le sol. Et à la fin de l'hiver, il y avait la lumière zodiacale.

— Qu'est-ce que c'est ? demanda Kin.

Il aimait regarder Jack parler d'astronomie. Il avait une expression sereine dont Kin pensait qu'elle se reflétait de l'intérieur.

— Environ une heure et demie après le coucher du soleil, une lueur faible se profilait à l'horizon. C'était comme une énorme pyramide inclinée de lumière jaune et parfois, elle s'étirait si haut dans le ciel. C'est causé par la lumière du soleil renvoyée par la poussière météorite. Elle ne peut pas vraiment rivaliser avec les lumières du nord, mais c'était tout aussi beau. Grant a dit, une fois…

Il s'interrompit, déglutissant difficilement.

— Il a dit que cette lumière ressemblait au chemin du paradis. Puis il a ri et dit que la poussière affectait son cerveau.

Kin attendit silencieusement, étouffant l'éclair d'une jalousie injuste. Jack regardait toujours les étoiles, et resta silencieux pendant une minute avant qu'il ne reprenne.

— Aller là-bas ce jour-là, c'était une Recon de mort, tu saisis ?

— Non, je ne crois pas, dit Kin calmement.

— Désolé. Une mission de reconnaissance de mort. Comme une reconnaissance de feu, mais en pire. Nous devions aller dans le désert en 4x4, et il n'y avait aucune protection si tu étais frappé. Si ceux qui sont en éclaireur ne font pas de rapport une fois qu'ils montent une colline, et qu'il y a de la fumée qui monte, on peut parier que l'ennemi est là-bas. Pas une Recon que tout le monde veut faire. Notre véhicule était en tête, et il y avait un enfant sur la route. Une petite fille.

L'estomac de Kin se noua.

— Je devais envoyer Grant. Je ne pouvais pas faire de favoritisme, ou l'on puisse penser que je le faisais. Je devais être juste.

— C'est normal.

La respiration de Jack se fit haletante, et il baissa les yeux vers l'horizon, le regard lointain.

— Je l'ai connu pendant des années. C'était un homme bon. Lorsque nous étions en congés, nous couchions ensemble, quand nous en avions l'occasion. Nous ne le faisions jamais pendant notre service. C'était une règle intraitable. Nous étions tous les deux des soldats, et puis il est devenu mon lieutenant. Cela a toujours été occasionnel jusqu'à ce moment-là.

— Et puis, ça ne l'était plus.

— Grant voulait plus. Nous savions que la mission en Afghanistan allait se terminer, et nous commencions à penser à notre vie une fois que nous serions rentrés, ou sur une base quelque part comme l'Allemagne. Grant voulait que nous emménagions ensemble. Il... il disait qu'il m'aimait.

Jack secoua la tête.

— Le souci... c'était que je ne l'aimais pas.

Alors que les mots sortaient dans un souffle glacé, il frissonna.

— Je voulais l'aimer, murmura-t-il. Mais je ne pouvais pas.

Kin s'approcha de lui. Il détestait voir la souffrance qui plissait le visage de Jack, et voulait l'enlacer et l'embrasser jusqu'à ce qu'elle disparaisse. Mais il s'arrêta à un mètre de lui. Si Jack voulait parler, il écouterait.

— Le pire, c'était qu'il le savait, reprit Jack, ses yeux brillant à la lumière des étoiles, la presque pleine lune s'élevant au-dessus de lui. Je l'aimais bien. Vraiment. Mais ce n'était pas assez. Je ne voulais pas vivre avec lui, et je n'avais pas le cran de le lui dire. Il était de Toronto, et il parlait d'emménager à Ottawa, et je hochais alors la tête et souriais en espérant qu'il change d'avis. Puis je l'ai envoyé sur cette route, et il s'est fait tuer.

— Non. Ce n'était pas ta faute.

Jack se retournait brusquement vers lui, à présent.

— Comment le sais-tu ? Tu n'étais pas là. J'aurais dû envoyer le nouveau gars ou bien y aller moi-même.

— Je le sais parce que c'était la guerre. Parce que ce n'est pas toi qui as posé cette bombe là-bas. Tu faisais ton travail. Ce n'était pas ta faute. Et tu as presque failli mourir toi-même, déclara-t-il en pensant aux cicatrices que Jack avait dans le dos, et voulant les embrasser toutes encore une fois.

— J'ai couru derrière lui. Je pouvais entendre la fille gémir, dit Jack en fermant les yeux. Je peux toujours l'entendre. Puis il n'y eut plus rien que du feu.

À cet instant, Kin prit Jack dans ses bras, l'étreignant étroitement et voulant qu'il n'y ait aucune couche de vêtements entre eux.

La voix de Jack était étouffée contre l'épaule de Kin.

— Je me suis réveillé à l'hôpital, et j'ai su qu'il était mort. Ils n'ont pas eu à me le dire. Sa mère m'a écrit, me confiant combien il avait été heureux avec moi, et qu'elle était contente que j'aie été à ses côtés, à ce moment-là.

Il trembla, et sa voix se brisa.

— Mais je ne l'aimais pas, Kin. Je ne l'aimais pas.

— Tout va bien, murmura celui-ci.

Kin lui souffla des berceuses en Inuktitut, lui frottant le dos. Même quand Jack s'arrêta finalement de trembler, Kin continua à le calmer, voulant faire disparaitre toute sa souffrance pour toujours. Il pensa à son frère, et lutta contre le nœud qui se formait dans sa gorge. Reniflant, Jack releva la tête. Ses yeux étaient rouges et humides, mais il réussit à sourire.

— Je ne me suis jamais confié à personne. Je pense que tu m'as jeté un sort. Merci.

Kin caressa la joue de son amant de sa main gantée.

— De quoi ?

— De tout, répondit Jack. De m'avoir écouté. D'être… toi.

Il prit une profonde inspiration.

— J'ai passé une grande partie de ma vie à faire semblant. Tu as changé ça. Cet endroit a changé ça.

Kin s'approcha de lui, voulant l'embrasser encore et encore, mais Jack recula. Kin laissa tomber son bras et essaya de ne pas se sentir blessé.

Jack s'éclaircit la gorge.

— Alors, c'est Nanisivik.

— Oui, répondit Kin en repoussant sa déception.

Ils étaient revenus au travail et c'était mieux ainsi. *Il va partir. Ne t'attache pas.* Bien sûr, il était trop tard pour ça, mais c'était son problème.

— Nous y sommes, dit-il, gardant une voix calme et égale.

Mis à part la jetée, tout ce qui restait de l'ancienne mine était un petit réservoir d'entreposage où plusieurs grands cylindres d'essence pour les bateaux de la Navy étaient stockés. Le terrain était rocheux, tout en terre et pierre sous les amoncellements de neige. Le vent était calme, fournissant un répit sur la morsure du froid. La glace se formait sur l'eau, et bientôt, elle en serait complètement recouverte.

Reniflant, Jack sourit d'un air suffisant en regardant la pancarte cabossée et défraichie du gouvernement près de la jetée, qui avait été inaugurée en fanfare par le premier ministre, quelques années plus tôt, durant une visite. C'était écrit en anglais et en français : *Futur Site du Port Arctique en Eau Profonde du Canada.*

— Ou pas, comme ça peut être le cas, dit Jack.

— Ils disaient que c'était trop coûteux pour construire une base complète dans le pergélisol nord du Cercle Arctique, déclara Kin en tirant sur sa toque rouge qui était remontée sur ses oreilles. Apparemment, ils n'avaient pas réalisé où Nanisivik se situait quand ils avaient fait leurs plans.

Jack eut un petit rire.

— Apparemment, non. Cela arrive… des endroits qui se déplacent. C'est très confus pour le gouvernement.

Il jeta un coup d'œil autour de lui.

— Je pense que c'est…

— Désolé ? Déprimant ? suggéra Kin.

Il essaya de garder un ton léger. Il aimait sa maison, et cela était parfaitement compréhensible que ce ne soit pas le cas pour Jack.

— Parfait.

Kin cilla.

— Hein ? fit-il.

Jack prit une profonde inspiration.

— J'ai dit que c'était parfait. J'ai parlé au Colonel Fournier ce matin. Etienne. C'est un ami de longue date.

Bref, je lui ai dit que nous devions établir un centre d'entrainement. Nos soldats peuvent apprendre tellement en Arctique. Nous protégeons un pays avec une énorme quantité de terre dans le nord, et nous ne sommes pas préparés. Nous devrions l'être. Des missions d'entrainement, des exercices, des recherches et des sauvetages… nous pouvons tout faire ici. Il y a un port pour amener des vivres, et une route qui mène à Arctic Bay. Nous pourrions travailler avec la communauté. Utiliser ton expertise. Fournir du travail. Mais nous serions assez loin pour ne pas avoir un impact sur la vie quotidienne. Ce serait…

Il s'interrompit avant de reprendre.

— Eh bien, qu'en penses-tu ?

Le cœur de Kin battait rapidement.

— Tu consulterais le conseil pour les plans ?

— Oui. Sur tout. Je voudrais une entière coopération avec la communauté. Le faire en partenariat avec vous. Fournier a déjà donné son accord. Nous aurions votre aide pour construire les dortoirs et les bâtiments principaux. Nous utiliserions du préfabriqué comme vous. Nous ferions quelque chose de discret. Le but, c'est de nous entrainer sur le terrain la plupart du temps. J'aurais besoin d'un bureau et…

— Toi ? demanda Kin, la bouche sèche.

Ses oreilles lui jouaient-elles des tours ?

Jack sourit timidement.

— Je serai le commandant.

— Le commandant ? répéta Kin, tout son corps frissonnant.

Le sourire de Jack disparut.

— Eh bien, rien n'est encore confirmé. Le colonel était enthousiaste, et il pense qu'il peut avoir le feu vert en décembre et puis, je reviendrai et je commencerai à planifier. Il était heureux de m'entendre être aussi excité à propos de quelque chose. Depuis que je suis revenu à la maison, c'est comme… comme si j'étais gelé. Mais maintenant, je ressens de nouveau. Décongelé, je suppose. Ce qui est ironique puisque ça s'est passé en Arctique.

Kin se mit à rire.

— Alanis Morissette devrait écrire une chanson sur ça.

— Je ne me suis pas lié à quelqu'un depuis long-temps. Juste avec Neville, mais il est facile, lui.

L'estomac de Kin se noua.

— Neville ?

Le nom lui était familier, mais son esprit tourbillon-nant ne s'en souvenait pas.

Jack le dévisagea sérieusement.

— Ouais. Il dort avec moi, la plupart des nuits. Il est incroyablement loyal. Il adore me lécher. Il bave beaucoup aussi, mais ça marche pour lui. Je l'amènerai avec moi quand je reviendrai.

La tension s'évapora aussi vite qu'elle était apparue.

— Hum. Donc, tu cherches un plan à trois ?

— Absolument. Les carlins font de bons partenaires, m'a-t-on dit.

— Je suppose que je suis ouvert à un peu de perversité, s'amusa Kin en riant.

Jack reprit une expression sérieuse.

— Mais sérieusement, ce n'est pas obligé que ce soit moi le commandant de la base. De toute manière, je pense que le projet est important.

— Mais évidemment, dit Kin en réduisant la distance entre eux. Ce doit être toi.

Les yeux de Jack se plissèrent de joie tandis qu'il souriait.

— Tu voudrais ça ? Tu… me voudrais ?

Il n'hésita pas.

— Oui, répondit Kin en croyant à peine à ce qui arrivait. Tu voudrais vraiment rester ?

Hochant la tête, Jack pressa leurs lèvres sèches les unes contre les autres et fit courir ses mains gantées le long des bras de son compagnon.

—Je ne voulais pas venir ici. Je ne voulais partir nulle part. Puis tout a changé. Je t'ai rencontré et… et je ne comprends pas ce qui m'attire dans cet endroit. Il fait trop froid, sombre, et à des milliers de kilomètres de tout, mais curieusement, je ne veux pas partir.

Il se mit à rire.

—Je n'ai vraiment pas envie de partir, Kin.

Le cœur de celui-ci fondit.

—Alors, ne pars pas. Je veux dire, je sais que tu dois retourner à Ottawa en premier lieu, mais… reviens.

—Je reviendrai. Je sais que ça ne fait que quelques jours, et je ne m'attends pas à grand-chose. Tout est si nouveau. Mais quand je suis en ta présence, je me sens… je me sens *bien*. À nouveau complet, je ne peux pas l'expliquer. Est-ce que ça te parait fou ?

—Si ça l'est, je suis fou aussi, dit Kin en prenant le visage de Jack entre ses mains. Je veux te connaître… chaque petite chose de toi.

Ils s'embrassèrent sur la vieille jetée sous les étoiles avec les icebergs montant la garde, la chaleur augmentant entre eux comme chaque bouffée de leurs souffles dans l'air arctique. La bouche de Jack était humide et chaude, et Kin ne voulait jamais arrêter de l'embrasser.

Une petite voix insistante lui rappela que ce ne serait pas aussi facile. Ils se connaissaient à peine, et comment garderait-il le secret devant sa famille et la communauté ? Pourraient-ils le cacher ? *Ai-je vraiment envie de le cacher ?*

Mais il repoussa ses inquiétudes alors que Jack pressait son nez et ses lèvres contre la joue de Kin en un kunik, inspirant profondément. Kin étreignit Jack violemment. Ils franchiraient ces obstacles bien assez tôt. Ce soir, le plus important était qu'ils étaient ensemble.

Ce soir, il tombait amoureux du Capitaine Jack Turner.

Fin

À propos de l'auteur

Keira cherche le parfait mélange de personnages, d'intrigue et de fougue dans ses romances MM. Elle écrit de tout, des pirates flamboyants aux escapades bouillantes et émouvantes. Ses sujets préférés sont les ennemis qui deviennent amants, la différence d'âge, la proximité forcée, et les vierges passionnés. Bien qu'elle aime une angoisse délicieuse en cours de route, Keira garantit les fins heureuses !

Découvrez plus sur son site : keiraandrews.com